與老爸有約

第一部　父親剪不斷的鄉愁

第二部 長女札記

第三部 周家寫真

綠油精
GREEN
OIL

進出歷史

我的父親周昇雷於二〇〇六年三月辭世，至今沒因為父親的離開留下一滴眼淚。但夜深人靜，夢醒時分，耳邊彷彿聽到老爸的聲音，讓我不禁想起老爸在的日子、講過的話、經歷過的事……我想將漂過腦海的點滴查證和記錄下來。

本以為一個平凡老兵的故事三兩句就交代完畢，但一跳進大腦的記憶庫裡，一筆回憶又勾出另一筆早已拋入歷史的情節。幼年發生的瑣碎小事，青少年時期諸多不相干的事，今靠著回憶、媽媽叔叔伯伯及姨丈的口述，譜出我老爸「進出歷史」那平凡卻又不凡的一生。

一開始，我先將父親的一生簡化為以下關鍵字，準備在大歷史下書寫他的個人傳記：**出生、討老婆生子、賣壯丁、蔣緯國徐州剿共、投筆從戎、中鼎號軍艦來台灣、古寧頭砲戰、美援、政府遷台、美軍第七艦隊、在台結婚生子、退伍開計程車、中美斷交、美軍撤台、賣水煎包、開大卡車、酒研倘**

賣無、天安門事變、探親、戰士授田證、光男企業倒閉、王金平早餐會報、解甲歸田。

上述關鍵字藉由電腦網際網路，雖能精確找出實際發生年代及相關背景，但資料看多了反而掉進文字與數據的洪流，摸不著邊際，告不著案，許多歷史資料看似重要，但又與我父親何干？

停頓兩年重新出發，在一次整理思緒後，終於抓住了書寫的要旨：我想表達我有一位非常平凡的爸爸，他就如同坐在公園樹蔭下乘涼的老伯，有時也如在醫院領號碼牌的慢性病患，或是巷口早餐店的常客，老是點燒餅油條配豆漿……他就是那麼一般，也非常平凡。

二〇一三年春天回台，拜訪住在中和的姨丈——也是老爸的軍中兄弟，只為再多聽一次那些小故事，張羅幾幀老照片。出乎意料，姨丈拿出一疊塵封已久，我從沒看過、甚至不知道實際存在的歷史照片，瞬間彌補了我心中的大洞。

雖然花了四五年收集整理老爸的大事紀，也陸續完成一篇又一篇的短文，但每每想做全書連貫整合，卻覺得還有一些重要環節脫鉤沒交代，是

什麼又說不上來。直到姨丈給的兩張黑白照片出現，其中一張拍攝於民國三十八年八月十二日，我的父親周昇雷蹲坐在金門之熊戰車車體上，他乳臭未乾、玩世不恭、惱怒不屑的眼神，瞬間讓我找到二十三歲父親的模樣。

照片中戰車車體佐證了我的故事內容，這也是我首度見到父親剛到台灣第一年的神情。揣摩他當時對未來充滿不確定的心情，我想那一刻是多麼彌足珍貴，那是他人生最大的轉捩點啊！幸而被我找回。

當年因遵奉黨國指針「一年準備、二年反攻、三年掃蕩、五年成功」，官兵全面禁止結婚，導致父親流浪台灣十二年未成家。若非後來有了家庭，一字一紙一照片都沒有任何意義！

我一直以為政府遷台初期，民不聊生，哪有相機！孰料還真有！感謝我有一位玩攝影的姨丈。雖然這兩張陳年舊照讓我心情無比沉重，有如坦克車壓過般喘不過氣，又深怕有更多遺漏而捨不得收稿。但心中還是有扎實的肯定：我找到答案了！我找到那脫落的螺絲了！我找回父親在台五十八年的原點了！

該找誰寫推薦序？

怎麼辦，該找誰寫推薦序！

收到出版社編輯「伊媚兒」，提醒我該張羅找人推薦本書，這有點考倒我，誰有空去讀一本不見得跟上台灣當代本土潮流與熱門話題的一本小書？腦中唯一飄過一個人物「孫越伯伯」，他是老兵也是老芋仔，他對我的故事內容能產生共鳴吧？

第二人物，我想請蔣緯國老先生幫我推薦，他曾與我爺爺打麻將，贏了一頭母豬錢，應該願給點面子吧！

不然我想請天主教洪神父為我寫推薦序，六歲時讀教會幼稚園，神父會打屁股問我乖不乖，抱我坐他肩膀上。洪神父是我幼小許願的大情人，他是美國人，雖不會寫中文但他會讀能講且流利得很，不過他現在應該快一百歲了！

啊！以前有一位小朋友，自小崇拜我，小學時跟老師吹牛他的親阿姨賺

好幾百萬、讀很多書、搭很多次飛機、環遊全世界、還會講英文，小朋友的導師不確定他是說謊或做夢過了頭，還安排家庭訪問……。我的那一位小友人現在長大了，成為美少男，目前熱戀中，也不甩我了。

算了！找人寫推薦序只是一場念舊追憶，我既沒膽打擾長者享清福，也拉不下臉向美少男開口，還是放棄吧！

父親剪不斷的鄉愁

賣壯丁的告白

一九四六年國共內戰二次開打，當時雙方都各自在佔領區「抽壯丁」，也就是搶徵民兵的意思。如果中間有村里長或地方角頭仲介、抽頭❶，就上演了「買壯丁」、「賣壯丁」的事件。一九四七年八月，我的父親當時才剛滿二十歲，連半毛錢都沒拿到就自願把自己賣了，而仲介就是他當時的偶像——他的三哥，我的三伯父。看來我父親當時就是如同台語俗諺說的「鑑頭鑑面，不知死活」。

賣命打仗能開玩笑的嗎？我爸回答說：「是的，不能。」但當時就是沒想那麼多。他加入的是什麼軍？第幾師、第幾番號？老爸在晚年很乾脆了當的回答：「新兵去當肉包的，哪還有什麼編制？兩百五十個士兵共穿一百套軍服，個子高穿上半身，腿短穿下半身，褲管太長撕下來做臂套，順便當作

❶抽頭：藉由介紹壯丁給國民黨、共產黨，從中獲取利潤之意。

分辨敵我兵民的依據……」天哪！國民黨軍的裝備竟然這麼差，太扯了，難怪會失了山河。

沿著長江中游，父親加入的雜牌生力軍抵達湖北省，什麼城市不得而知。在那兒他們開始了漫無天日的「扒糞工程」。每大的「軍務」就是挖戰壕溝道，沒配發如黃埔軍校那樣筆挺的軍服，也沒軍刀軍馬。自衛的手槍、步槍，只有排長和連長有，目的不是向外打敵人，而是亮出來警告逃兵的。挖戰壕、開闢戰場總是需要圓鍬、鋤頭之類的工具吧？「有的，」老爸回答，「自己想辦法啊！」吃住在民家，配備也取自民家。圓鍬、鋤頭、鐵耙、扁擔、木桶……只要能用的，部隊全部強制徵收。那百姓呢？能走的走，能逃的逃，走不動逃不了的都是那些老弱婦孺，或是厭倦戰爭又一窮二白的內陸貧農。逃到哪，戰爭火線就跟到哪，逃有什麼用？

老村長家的母豬產了一胎小豬，不到三天，還不會叫的幾隻豬仔都被偷抱走了。老村長就睡在豬圈旁，知道豬被偷卻束手無策。他神情漠然的殺了母豬，一部分上繳孝敬駐軍，剩餘製成臘肉藏起來好過冬。灶廚只剩下一把鹽，還得再用幾塊豬大骨換來幾斤粗鹽，灑下胡椒、花椒，請老天保佑給幾個豔陽天好製成肉乾。國軍那兒打點好了，軍大帥也拍胸膛保證，就剩幾片肉乾，應該沒人會偷了吧！

在狗不拉屎、鳥不生蛋的市郊，連遮風避雨的屋頂都沒有，無法像在大城市裡聽收音機放送戰火新聞，只有小道消息流竄。

某日，颳起一陣怪風，接著傳來共產黨鄧小平部隊強渡黃河，開啟山東戰役，最後國府軍大敗、死傷慘重的消息。

「那兒距離徐州不就只半日光景！」這群雜牌兵低頭私語，討論這是在挖戰溝還是扒墳坑？意義為何？徐州老家！徐州老家究竟有沒有被波及？老爸越想越後悔，以前是在地方被喚做「五哥」的公子爺，現只能在湖北掘墳扒糞，沒拿到一毛的賣命錢，心裡不免又恨又氣。

一聲突兀的槍響劃破了寧靜夜，也打亂了一班小兵的心緒，因為除了連長排長參加過抗日有實戰經驗外，其餘十七八歲、二十歲的小哥，沒有人知道下一步該如何走。手上的寸鐵只有鐵耙，那一聲槍響如果是老共發的，大伙是該躲進村莊或是上前用鐵耙子應戰？

偵察兵快跑前來報告，一個排長後腦中彈，死在桂花姨婆屋外。大家討論原因，有可能是共軍已經到達村莊，也有可能是他去偷鹹豬肉，不過應該不是去偷全沒了牙又有眼疾的老姨婆。對父親來說，心頭只被「徐州老家」這四個字緊緊的扣鎖著。那一晚雖加強巡邏，深夜還沒到入更，到外頭解手的士兵一個又一個，瞬間消失在黑夜中，老爸看不對勁，當機立斷成了逃兵。

那時各鄉鎮省界重要路口、水陸碼頭都有崗哨警察，只要能舉報逃兵就能領賞金，就是裹小腳的老太婆都會毫不遲疑的馬上行動。落單的男丁身穿軍衣，表明著「我是逃兵」，等於找死。於是逃亡的第一個晚上，父親就先在村莊上解決那軍外套。他翻牆侵入民宅，民家從睡夢中被驚醒，父親大喊了一聲抓賊，算準那民家老頭披著外套開門探究竟的瞬間，搶了厚外套便往外跑，老頭則莫名其妙的收了一件軍大衣。父親原先還擔心有狗叫引來村民包抄，但戰爭時期，人人自危，待在家裡砲火都有可能從天而降，誰管他屋外抓小偷呢！

天下太平他離了家，戰火連綿時他卻要返家。怎麼來就怎麼回去，說是容易實是難。服役了三個月沒拿到任何銀兩，父親只能在渡口幫忙挑煤卸貨換得機會，從武漢搭了便船，在一個無名的渡口跳下，開始一路艱苦的行乞路程。雖然到徐州才幾百里，但那一段路卻讓他感覺怎麼也走不到。餓肚子是家常便飯，也生過病，躲在破舊的公廁旁。那一段落難的日子在父親身上烙下印痕，左拇指的灰指甲和雙足的腳氣病（是我看過最嚴重的香港腳），跟了他到終老，一直沒治癒。

當父親回到賀樓老家，已從幾個月前自賣壯丁的農家子弟，變成一身肌肉的成熟男人，讓奶奶喜極而泣。大娘許配來周家不到三年光景，拖著不到兩歲的兒子，差點當了寡婦，一連氣了三天三夜。父親也足足睡了三天三夜。那年是父親最後一次與父母妻兒吃團圓飯。

我四、五歲左右，父親教我寫自己的名字，告訴我老家在江蘇，還有個大媽媽和大哥哥。讀小學時，課本上寫著大陸人民身處在「水深火熱」之中，那時我常常在想，哪天有能力，一定要把大娘接過來同住，叫她一聲

「大媽媽」。這我的母親可是同意的，尤其每回我媽從工廠夜班回到家，還要操持家務時，體力透支的她就會軟下心，唸著「如果能把大媽媽接過來也不錯，讓我專心在外賺錢，大媽媽只管收拾張羅家內！」那時我也期望，如果有一天能見到我的這位大哥，我一定要安慰他、幫助他！讓他脫離「水深火熱」的苦境！

這個心願，一直到長大成人都沒有改變。

八 坦克車

這兩年在整理老爸的資料，赫然發現他從軍二十年，卻從來沒有上過戰場殺敵，這與一般台灣人對「老芋仔」的既定印象有很大出入。記得小時候問過父親：「爸爸，你殺過共匪嗎？」他回答：「當然有啊！那些共產黨都是土匪，殺人放火、燒殺擄掠，讓大陸同胞陷在水深火熱之中，吃樹葉、啃樹皮的啊！」說的跟課本一樣，讓我覺得爸爸好偉大啊！不過大部分的時候，父親一提到大陸老家和部隊相關的陳年往事，大家就嫌嘮叨的紛紛閃人，直到媽媽喊「吃飯了！」才出現。

老爸晚年時，媒體充斥著許多抹黑、分化族群的選舉語言，上至總統選舉，下至村里長選舉，這些沒死的老兵頓時變成社會的累贅、意識鬥爭的對象，因此老爸絕口不再提他的外省情節。再加上詐騙技倆層出不窮，家裡也接過好幾次詐騙電話，讓患上老人癡呆症的父親以為一踏出家門就會被本省人打，聽到電話鈴聲就以為是來索命要錢的。

老爸過世以後，我對他從軍的那段經歷增加了許多興趣。我在想，如果自己對父親的軍事背景都不甚了解，怎能苛求現在的台灣人不給凋零的老芋仔一點同情掌聲呢？

不知道為什麼，我十分在意老爸沒打過仗這件事。我問媽媽，為什麼老爸沒上過戰場，連八二三砲戰如此重要的戰役，他也沒參加。媽回答不上，只好說若他去了我們鐵定成為孤兒寡母這類的話。我沒放棄困惑，轉向老爸的袍澤——我的姨丈，以及對我很好的叔叔、少有聯絡的伯伯問起。

「哎呀，打仗哪有那麼簡單的……那是一個專制的時代啊！軍人賣命給國家，小兵不可結婚，擁有特別技術的阿兵哥不滿二十八歲也別想討媳婦。我們當時所屬的清泉崗裝甲兵部隊戰車營，你爸是車長，能開戰車、坦克車、裝甲車。金門八二三砲戰還輪不到我們上場，金門太小了，當時我們全副武裝是要防守主戰場台灣的……」姨丈花白的頭髮、灰色的眼

左邊的坦克車機槍手後來變成我姨丈

神，帶我進入塵封已久的過往，一般而言，老生不願意長談，後生也少人有興趣。因此許許多多的記憶如一張張幻燈片閃過，似乎記得，又不確定。

經過了許多人的回憶拼湊，我終於得到老爸的從軍歷史……

我的老爸是坦克車長

當時老爸的官階是車長。別以為這官是迷你的小，二次世界大戰後，美援的裝甲車坦克車豈是人人都會操作、保養、修配的！難不成山姆大叔會派人駐地技術指導？考考連長、師長、營長、排長，肯定連駕駛操作都是不會的。但第一線小兵卻是什麼都得會，老爸以前常說：「軍人除了不會懷孕，什麼都會！」

民國三十七年（一九四八），在無錫受訓的戰車營第一營收到命令，將在上海接收一批美援的裝甲車，事後的資料顯示那可能是二十二輛 M5A1 裝甲車。根據官方說法，有一批戰車因為「程序錯誤」不小心被送到台灣，因此中央又指派戰車營其中一個排——約三十名弟兄，搭乘「中鼎號」軍艦前往台灣裝配戰車，父親是其中之一。這一去，就再也沒有回來。

事實上，徐蚌會戰後，國民政府就已經決定撤退，祕密運送了故宮國寶文物、黃金白銀、重要文件資料和重裝備攻防武器到台灣。當然，這極機密的文件命令除了極少數人和故宮人員外，沒人知道。軍人就是聽命行事，隨行官兵們以為這趟任務個把個月就回來，不知道那載運故宮文物及軍官的「中鼎號軍艦」就是遷徹台灣的第一批。當時二十三歲的父親是上船的其中一人，獨立戰車營第二連的一個大兵，於民國三十七年（一九四八年）十二月二十六日踏上台灣的土

父親（最左邊蹲者）抵台第一張照片，失落六十四年，彌足珍貴（拍攝於民國38年8月12日）

地，由基隆港上岸。

據姨丈口述，隔年一月，戰車營官兵又有一千人左右及二十餘部戰車，搭「中興輪」抵達台灣。不確定這艘船艦是否也運送故宮文物，總而言之，貨輪上鐵定有木頭裝箱的政府重要文物。此外，人很多，東西滿載。登陸艇開口很大，卡車、吉普車、裝甲車都能開進去。剛抵達台灣的戰車營大兵落腳於台中西屯，那時清泉崗基地只是黃土一片，什麼也沒有。夜宿帳篷，後遇雨天、颱風天，才移師到附近學校（台中高工）借用操場及教室。那時候也沒有週末或輪休日，只有日以繼夜的操練。戰車營編制共有五連，第一、二、三連為戰鬥連，第四、五連為後勤補給連，另有配屬戰車營的第一保養中隊及醫藥衛生連。

當我想像那個國家亂、社會亂、軍隊亂、百姓也亂的時代，腦海中閃過一大群人失落的眼神，他們無法隨同登上艦艇，哭泣著向船上的人揮手道珍重再見。上船的人則搞不清將被帶到何方，看著眼前廣闊不見邊際的大海，背後是持續內戰的家園，在盈滿淚水的眼眶中，最後一眸的神州也看不清了。

無牙的拱背台灣眼鏡蛇

民國三十八年（一九四九）十月二十五日的古寧頭大捷（金門戰役），來犯的共軍被國軍迎面痛擊。這場金門戰役我方死傷兩萬多人，還有幾十萬大軍繃緊發條準備迎戰，身為車長的老爸是其中之一，隨時準備出戰，以保障我們小老百姓能在家安心熟睡。

當時有十三輛保家衛國的戰車被蔣公封為「金門之熊」，十輛分屬在第一連，三輛在第三連，老爸所在的第二連卻沒有出現在古寧頭戰役。為什麼？軍史館的文獻資料只簡單以「第二連沒有戰備武器」解釋，事實上，當時的第二連分明有九輛戰車，怎能稱之「沒有戰備」？查閱諸多資料與訪問叔伯後，我才了解到這九輛戰車是虛張聲勢啊！

資料顯示，在上海接收的幾十輛美式戰車，其實為二次戰後廢棄品，擱置在菲律賓叢林中日曬雨淋，精密裝備大多已被美軍拆走，剩下的次級裝備被菲律賓當局拆的拆、

右邊是帥氣的父親，中間那位後來變成我姨丈

賣的賣，以後大概也沒剩多少了，這就是台灣當年接收到的「美援戰車」真相。然而抵台後，在戰車營保養中隊的拼裝下，這批沒砲管、油箱、蓋板、儀器，電路也沒配的淘汰戰車，竟然在幾個月就組裝成十三輛具有戰鬥力的戰車，被送往金門服役。不過向美國買的二十二輛戰車，最後只拼裝成十三輛可用的，明明吃虧卻只能默認倒楣，那時國軍的處境是如此艱困啊！總之，十三輛有戰鬥力的戰車駐防金門，留給第二連弟兄的是九輛虛有其表的戰車車殼。

右方散落一地的是坦克車零件，當時部隊官兵皆須接受拆卸裝配訓練

金門戰役爆發之時，政府需要安定民心，就讓戰車營第二連及所屬的九部戰車駐台進入戰備狀態，只是沒人曉得這些戰車都受過宮刑，被拔了毒牙。蔣公將古寧頭戰役那十三部戰車封作「金門之熊」，我也封這九部戰車為「無牙的拱背台灣眼鏡蛇」，雖是虛張聲勢，還是肯定一下他們的歷史貢獻！小時候父親帶我們去清泉崗找老長官時，就曾抱我爬進那些裡面空無一

物的報廢老傢伙，而遠處基地掩體下還有很多輛服役中的裝甲車。我不確定是否曾在「金門之熊」上頭玩耍，但是當初我爬上爬下的戰車殼應該就是那一批美援 M51A 戰車。

接下來的故事是否真實不得而知。據聞古寧頭金門戰役當時，戰車營第二連忍辱負重，退居幕後守衛台灣（其實是因為他們的戰車沒戰力）。但戰役剛結束，一封緊急電文立即把第二連調防金門。聽說是駐防金門的弟兄起內鬨，戰車營營長被海K一頓受重傷，而被緊急調回本島。導火線或許因戰勝爭

父親與坦克車隊的弟兄們（第二排最左邊為父親）

功、爭賞；也有可能是糧食、醫療資源不足；或是因為弟兄們害怕共軍的第二波強力還擊，對處置共軍五千俘虜意見不合？

總之，戰車營第二連在一個星期內趕到金門，替換那些有意見的弟兄，此外還負責收拾殘局、挖坑焚埋戰亡的數千名士兵等。當第一、三連官兵回台受總統勳贈、軍民褒揚時，第二連弟兄持續的在防衛前線，吃金門的風飛沙，喝汗水與淚水，日夜隨時準備面對戰局。這樣的日子將近兩年，從父親和叔伯口述得知，當時日子是很苦、很苦的。

這就是被分配到「無牙台灣眼鏡蛇」的戰車營第二連，我的父親是其中一位車長。

老爸的家鄉

真相是什麼已經沒人知道，但在我心中，老爸的家鄉有兩個版本。

第一個版本是我小時候童言童語自己編撰；第二個版本是我成年後，為了達成某些目的，有意無意加油添醋，另外編撰。於是在同一塊土地、同一個家鄉、同一群人，出現了不同的兩個故事。

黑色的書香世家版

從小就知道老爸來自海峽的對岸，那是一個生靈塗炭、草木不生、文化滅絕、淪陷又封閉的秋海棠。

大陸有多大？是怎樣的一塊土地？當時沒概念，但是在戒嚴時期一個小孩的思想世界裡，秋海棠不是火紅色，她是披著黑罩衫、受煉獄酷刑，一個水深火熱的黑色世界。

在那個世界的老爸也有一個黑色的童年。據說父親會拿筆的那一天開

始，便由爺爺親執教鞭，寫錯一個字，背錯一首詩，就是棍棒齊飛的景象。當時爺爺嚴厲非常，小孩一犯錯，就連奶奶都幫忙跪地求饒。

在我童年的想像裡，父親的年幼時期大概常被逼著待在學堂，和大家一起朗誦著「人之初，性本善，性相近，習相遠……」。不上學堂的時候，他則是一個頑皮、受寵、被傭人伺候、被孩子們環繞的周家么子。

原來爸爸來自江蘇的大戶人家，爺爺是村長，在那個時代理所當然是大地主。爺爺討了兩房媳婦兒，有七個子女，生我爸爸的奶奶是二房。男女平等的現代聽起來有點難以置信，但我還頗能接受，因為我媽媽也是老爸的第二房，爺爺爸爸還真是有默契！

爸爸讀的是私塾小學，周家一向是書香門第、讀書世家，因此說爸爸讀的是「周氏私塾」也不為過。本該是令人驕傲的家世，豈知文化大革命時期，爺爺被貶為「黑五類」❶，遭受農民批判侮辱，鬥得一窮又二白，這段灰色記憶爸爸幾乎不想談，因此我們小孩子也懂得不多。

❶文革時期，黑五類是針對地主、富農、反革命分子、壞分子、右派等五類人的統稱。

以上是我小時候從學校教學材料、電影電視片段、長輩老師介紹，以及自個兒捕風捉影、想像所拼湊出來的老爸家鄉第一個版本。

隨著時間的變化，探親次數的增多，小女孩長大為成人了。

寫實的落後農村版

婚前用國際電話卡，婚後用 skype，長大為成人的女孩特別喜歡跟夢月哥❷拉呱——也就是聊天話家常。三不五時電話就會被「ㄎㄚ」一斷，因為徐州電信局懷疑我是欺負鄉下無知農民的國際詐騙集團。管他的！他越ㄎㄚ，我越打，ㄎㄚ斷我們的電話讓我和夢月哥的連線變得更好玩，也成為我們聊天的好話題。直到有一天，丹麥籍的丈夫突然說，我們應該去看看賀樓的夢月哥，趁大家都還有體力，都還走得動。

行前，為了讓他有心理準備，我又開始編撰老爸的故鄉，但故事是說給丈夫聽，描繪內容大為改變——我一向是看情形、看對象來說故事。這一次

❷夢月哥是父親第一房太太所生的兒子，也是我失散多年才與他相認的對岸「大哥」。

資料可是精確多了！

咳～聽好了！我的爸爸來自江蘇省、徐州縣、張集鄉、賀樓村——也是周家村，因為全村都姓周，因此我還有兩三百位大陸親戚。爸爸在大陸有個十八歲就討的媳婦，他們養了一個兒子，就是我二十七歲才與他相認的夢月哥。大媽在文革時期因為被誣賴偷了一根包穀❸上吊自殺——其實她為了把口糧留給老人家與孩子，自己餓到只喝包穀梗粥，卻不知誰在此時偷了根包穀，讓大媽被誣陷？唉～爸爸早年就從軍離家來台，無父無母的大哥為求生存，只得行乞、流浪到西藏。

開放探親後。爸爸與夢月哥於一九八九年父子相認，老爸帶了美金光榮回鄉，但大哥是個硬漢子，絕不開口向老爸要錢蓋房子，又痛恨外人揶揄奚落台灣爸爸的不是。大哥的話不多，走起路來，背有點歪，人卻正直得很！

我還繼續給我丈夫心裡灌溉，做「思想準備」——這話在我們台灣叫作

❸包穀梗意即「玉米梗」，玉米梗曬乾可當柴燒，但窮困農家把玉米梗磨粉熬成粥喝。玉米梗也是製造環保紙杯的材料，星巴克、麥當勞等知名連鎖店皆使用玉米梗製造的環保紙杯。

「心理建設」：農村生活沒有冰箱，招待你的啤酒請將就著喝。夢月家的那口井就挖在豬舍旁。屋外如廁要仰天，夜黑羊群要關室內（以免被偷）。丈夫還問夢月家的小豬有沒有用燈泡取暖，還有許許多多小細節。快被問倒了我就隨便掰……這些資訊陸續堆疊，成為老爸家鄉的第二個版本。

結果，二〇〇八年丈夫跟著我賀樓返鄉探親，一口水都不敢喝，如廁時拼命憋氣。他還發現夢月哥的電視要開機半小時，電晶體、電熱管或什麼的零件，要等溫度夠熱了螢光幕才出現畫面。丈夫第一件事情就是上徐州百貨幫我夢月哥置了一部大彩電。原先那部舊電視正是一九八九年我們第一次返鄉探親時，從香港辛苦手提的大行李。

老爸故鄉既是黑暗大陸，也是書香門第，更是落後農村。當說書人的心態有所改變，說不定你還要看到不一樣的重點呢！

探哥首部曲

政府開放探親前五、六年，藉由香港朋友轉信，爸爸開始以郵件與大陸親友聯繫。不清楚那時這是否違法，但我確實因而受到工作場合——郵局裡政風室的注意。我當時顯然滿腦子只有愛情和麵包，工作之餘便努力約會，怎麼看也不像個「匪諜」，所以當局對我的注意也就不了了之。

那一陣子兩岸尚未通郵通話，故我以為爸爸是透過地下特務組織轉信，還要求我封口，搞得很神祕的樣子。大陸郵政很厲害，爸爸在民國三十七年離家時的地址，因省縣劃分，一切都變了。文字也變了，他們不使用我們熟悉的繁體字，但台灣寄去的書信設有專門單位管理，經過檢查後，外頭加套了個信封，他們再發揮通天遁地的本領，依照當年的地址寄達老家的親友，只是，時間要花得久一點，來回通一次信件得要花上一年的時間。之後，要不等熟識的香港人有機會來台，就是請專人到香港取信。簡單一件事卻弄得很複雜，如果像現在有傳真機，就不用為了取信而搭飛機了。

探親前備禮

一九八七年大陸開放探親，思鄉急切的父親竟不是第一批省親的老台，是什麼考量不得而知，可能是還在存錢，可能怕搞不定在香港的轉機，或者不敢自己搭飛機之類。我們約定一九八九年我大學畢業後的秋天，風雨無阻，共同成行。那一年雖然沒有天然災害，但是卻碰上歷史上赫赫有名的六四天安門事變。我們觀望了兩個月才決定訂機票，返鄉去！

對岸當局為表示友好誠意，「優惠」每人可帶三大件、五小件物品免稅通關。冰箱、電視、洗衣機為大件，相機、收錄音機、電鍋等為小件。香港旅遊業者著實厲害，返鄉探親套票除了「台—港—南京」來回機票和住宿，還有三天兩夜的地陪，帶我們到指定的電器行買韓國金星牌彩色電視，又到指定免稅店買虎皮膏、萬金油及珍珠粉，也帶我們去虎標萬金油公司在香港建的虎標遊樂園兜一兜。看到裡面的萬金油比免稅店更貴，讓父親對香港地陪頓時卸除心防，隔天再去買兩部金星牌彩色電視。

但第三天要登機時，航空公司就是不讓我們掛上三大件行李，幾經要求，只讓我們掛上兩部電視。地陪梁小姐說，隔天下一班飛機一定把落單的那一台電視給送到，爸爸只能信任的塞給她五十元美金的小費（在一九八〇年代這真是一筆不小的小費）。想不到在飛機上用完餐，還沒喝完咖啡，空服員根據座位號碼和姓名，拿來我們第三部電視的行李貼條——第三部電視竟然也上機了，五十元美金真是花得值得！

飛機上的咖啡很難喝，白色顆粒看起來可能是砂糖的配料，加進去卻一點也不甜，看來像可可的粉末也喝不出可可味。空服員特地再為爸爸調一杯三合一好喝的即溶咖啡，還一派輕鬆的說道：「常碰到前衛的老台，不懂裝懂，把鹽和胡椒加進咖啡，也是喝得津津有味。」空姐叫我們下次也試試看！裝肖せ！這樣接待自己的同胞對嗎？其實因為飛大陸的班機餐點（包括佐料）都用英文包裝，空姐會這麼說，擺明是欺侮那些看不懂英文，不知道哪包是胡椒、哪包是鹽的老人家。

好長的歸途

二十年前的南京機場很老舊，沒有行李輸送帶、沒有行李推車，更沒有親友會客廳。幾百件的行李得自己去翻找，我們挖了半天，就是看不到三部彩色電視，全班機所有旅客購置的免稅商品也沒出現在行李山裡。我這輩子第一次仔細解讀所填的通關申報書、行李申報書，猜測電視大概是被拉到海關倉儲中心的免稅倉庫，需要我們另外擇期去取那三大件寶貝。既然都已經上梁山了，那就看著辦吧！

我從來沒看過哪一個機場有那麼多的警察，四處都有公安巡哨。在自由領域飛機上老媽不上廁所，才一抵達共產專治地區就要找廁所。當時大陸不使用男士、淑女標誌，廁所前也沒看到煙斗和高跟鞋的圖案，只有一個羅馬拼音的牌子指示「Ce Suo」。那是我在大陸第一次學到的簡體字羅馬拼音，心想原來大陸人英文普及程度比台灣人更徹底，人人都會使用ABC。

受老爸影響，我的心也開始糾結。等一下檢查完行李、通過關口，我就可以看到不曾見面的親哥哥，和另外兩位來接機的堂哥。檢查行李的隊伍排得很長，秩序很亂，排「普通通關」的老外及老內是小貓兩三隻，排「特別加速通關」的老台，蜷曲的隊伍有二、三十公尺長。人行李、小行李、公事包、小皮包，全部開箱檢查，人人也要脫帽、脫夾克讓公安搜身，為了公共安全做了百分之百的防護。花了剛剛好三個小時，我們才通完關、檢查完行

李，很後悔剛催媽媽催得太急了，其實那三小時她愛怎麼上廁所都可以，時間是很充足的。

相認

通關廳窗外有人拿著一大張海報，上面用簡體字寫著我們三口的名字，大動作的揮舞招手。我們找不到行李推車，很辛苦的扛著大行李慢慢步出機場。還沒費心去認人，就有十幾二十人來認我們❶，但只有真正的親人，磁場才會互相對上。一位聲音宏亮的老粗喊我爸「五叔」，一位俊挺魁武的帥哥喊我爸「五舅」。

這時，一位站在後頭看不清楚的老伯伯喊我爸「答答」，爸當場愣了一下，我問「答答」是什麼意思。他老兄是大老粗一個，方正的下巴，勉強微

❶父親離家時，兒子才三歲，根本不知夢月哥成人後長相。兩岸分隔已四十年，處處充滿著和父親、夢月哥一樣失散多年的親人。通關廳窗外擠滿接機者，人人都顯露出飢渴要相認親人的眼神，一開始我們還真的不知道要認誰。

笑的嘴角有嚴重的發炎，眼淚盈眶不敢直視我們，額頭上的皺紋比爸媽加起來還多，外表看起來比爸爸老上二十歲。我們走到哪，他跟到哪，看起來像是個跟班小老頭，原來這位就是老爸的頭生子。本以為父子相認會有轟轟烈烈的擁抱場面，或是喜極而泣、無法形容的感動畫面，結果都沒有。

機場外很亂，行李推進推出。沒有任何人考慮到老爸和這頭生子的感受，也不知道在急什麼，趕忙叫來一台小貨車，六個人全擠上去，三、四大件的行李也全部推進車。老爸和長子還沒相認呢！父親離別神州四十載，左思右盼得到探親團圓、飛抵南京見到家鄉親人的時刻。被台灣海峽相隔了四十年，雖然現在只有一尺的距離，父親還是沒認那頭生子的兒子。我感覺不是父親不在乎，而是不急著進行制式化的認祖歸宗。父親的手指比一比，頭生子就急忙幫忙搬行李，好

父親與他的頭生子夢月哥，左邊是我的夢月嫂

像有很多說不出的話懸在唇齒間。父親拍拍他的肩膀，表示都已經瞭解了。就是那麼一剎那，在擁擠震動的小貨車上，我第一次叫了我同父異母的大哥「夢月哥」。

大陸人有的就是時間

隔天一大早，我們又回到機場的免稅倉庫，領取那三件免稅進口彩電。當時像是回到電影「四行倉庫」的拍攝現場，一棟棟建築像是軍營和牢房。偌大的千坪倉庫，沒有繁忙的貨物進出，只有三兩工作人員懶散冰冷的應付我們，大概是嫉妒我們有免稅彩電可領。

簽了三聯繳費單後，竟然還要我們到銀行繳手續費和倉儲費，因為我們帶了三台電視，每種費用還得乘以三。我以前曾在台中加工出口區工作四年，對於免稅、課稅的計費概念還有，只是沒想到在免稅的前提下居然還要繳額外的通關費用，由於沒有準備，只好向表哥、堂哥借人民幣繳費領貨。

雖然還沒有跟堂哥他們混得很熟，他們早已再三告誡我不可以罵「共匪」兩字。就為了取這三部電視，我們先到辦公室取單，到銀行繳費，再回到辦公室請人核章放行。持核准證明抵達倉庫，正好是午休時間，倉庫人員不是在吃午飯就是正睡午覺，好不容易等到午休時間結束，我們還得謙卑的說抱歉打斷他們的午後讀報時光，然後三人像小太監般跟在倉儲老大後頭領貨。沒有內線電話聯絡，只能自己跑單；沒有輸送機載貨，只好自己扛。兩個大男人扛三部二十吋電視，不指望我能幫什麼忙，只要我少說兩句、少惹麻煩就不錯了。

在我認定的「四行倉庫」和機場間來回走了約十趟，用了一整天時間才提到貨。反正在大陸，大家有的是時間，學著習慣就好。隔天搭火車回徐州，還得面臨不一樣的挑戰。

徐州是古時兵家防禦要地，是國共徐蚌會戰的發生地，也是有名的人口交易集散中心，有上通北京、下抵廣州的京廣線鐵路穿過，東往連雲港、西往蘭州的隴海線也通過此處。我們一行手提背扛六、七件行李，慢慢步出徐州火車站。站前廣場幾百平方米有上千個乞丐如盤蛇般蠕動，或坐或站，或臥或躺。我恐懼謹慎的閉上嘴幫忙搬行李，發現三部電視上不只有六隻手，起碼還有二、三十個人圍繞我們，手也放在我們的行李上。這二三十個人的小圈，外圍有個更大的上百人圈圈，緩緩的逼近我們。那股力量好像人在玩碟仙一樣，三部電視就是碟子，我們若放手碟子就自己往另一方向跑了。

公安根本懶得淌這灘混水，自己喝涼水去了。我們大聲喝阻，拳打臂甩腳踢擠過那千人丐幫。我不覺得尷尬，倒覺得很新鮮。

水土不服還是衛生欠佳？

回到老家，爸媽成了老佛爺，我則成了格格，吃飯喝湯如廁都有專人打理。鄉下沒有現代化廁所或坐式馬桶，「方便」要到屋外的茅坑。我夢月哥釘了兩張木板凳，讓我爸好坐在上面如廁。媽媽如果要換衣服，大嫂就用外套去遮著玻璃窗。我若口渴，姪女就會用小刀削水梨給我吃。但看到她要洗小刀時，不得不請求她用燒過的開水洗，因為水井就在豬舍旁，井水的顏色和味道我實在不敢恭維。可以說我比較嬌縱，但你若看到混濁的井水，相信會跟我一樣拒絕喝水，只吃水果解渴。我老爸不聽話，硬是喝那渴了四十年等待的井水，結果到第三天就常去做木板凳。老媽的「共濟丸」及「暮帝納斯（Boterasu）」也救不了他！老爸拉得可嚴重！

老爸在茅坑內拉肚子時，夢月哥聽說父親吃了什麼「暮帝納斯」，在茅坑外捧著肚子大笑：「墓地拉屎，藥名取的太滑稽了吧！」

外省人常說「穿同條開襠褲的哥兒們」，也就是親友共產、共享、共用資源。在當時天天都有大爺來聊天，大嫂會準備熱水和毛巾讓大家洗手洗臉，一條毛巾、一盆熱水，七、八個大爺共用。板凳上四個玻璃罐，泡著苦澀難以入口的烏龍茶，東西南北四方的親朋好友，不分長幼老弱，誰渴了就自己舉杯喝了，大嫂隨時會添熱水。玻璃罐黃澄澄的，長輩的牙也是黃澄澄的。姪女細心，另外幫我泡了一杯茶。或許以為我這杯是台灣烏龍茶，村中其他姨子們不請自來的品嘗。請用……嗯！謝謝……我還是……只吃水梨吧！

「回老家」期間，每天都有很多不同面孔包圍我們，每天都去不同的院子坐一坐。也不知道哪位經理人會幫我們安排下一家午餐、晚餐，總之在滿滿的排班表下，全村吃透透，卻沒排上在

夢月哥在賀樓村特地為父親釘製的茅廁座椅

夢月哥家吃。沒辦法，親戚太多了，但夢月哥也樂得跟著我們四處打牙祭，那是他這輩子第一次這麼風光，第一次村中親友要客客氣氣來問夢月哥行程表。

三個老台每天早上要吃掉四、五個雞蛋，後來才知道夢月哥想辦法高價買來全村的雞蛋，帶到各家廚房烹煮，更是從年初就特地留下白麵粉，做成白饅頭給我們吃。幾天後，我和夢月嫂混熟了，膽敢好奇的亂翻廚櫃內的食物，才發現他們把新鮮的食物留給我們，自己人卻吃去年年尾剩下、削掉發霉部位的黃饅頭，讓我心中有點過意不去。

第一次返鄉，受到眾親戚熱烈款待

鄉下既沒有廁所（僅有茅坑），更甭提洗澡間。上一次洗頭是在香港的飯店，忍了一星期，指甲也積了一層泥，都是晚上睡覺抓癢得來的。某天中午，大嫂燒了一鍋水給我及媽洗頭，既然已經麻煩人家燒水，就順便也請她多燒一點水讓我們洗澡。想洗衣、洗頭、洗身體，只能用那一塊洗不出泡泡的咖啡色肥皂，現在回想起來那個沐洗過程很像古時候待嫁的姑娘。大嫂將一盆熱水端進房裡，媽媽撕一塊布遮著窗戶。因為沒有房門，所以讓姪女在房門口把關。房間地板是泥土地，我得小心翼翼不把水濺到臉盆外，以免腳下泥濘，好不容易洗乾淨又踏髒了。

終於由上到下、由裡到外擦得乾乾淨淨，剩下的灰泥水姪女表示想拿來用，但我堅持自己端出去倒掉，免得有人用我用過的臭水再去洗手洗臉。隔天大嫂繼續燒水，換媽媽和老爸洗。洗臉淨身都那麼辛苦，就更別談洗衣了。

花枝招展

姪女帶我去逛張集村的市集，在出發前，她要求跟我對換衣服。我穿上她有著泥土和機油斑點的泛黃白襯衫，再套上她的黑色長褲，就不怕黑油黑炭了。那邊的鄉下不管是牆角、椅凳、腳踏車，處處都鋪著一層泥灰。反正我一身已經是灰灰黑黑的，乾脆脫下涼鞋，套上她的塑膠拖鞋，再把我的長髮綁上兩條髮辮，變成一個鄉姑、阿土姐。雖然我答應閉嘴，但是市集上人人都注意到我，問我從哪裡來的，和我打招呼、要做我的生意。

我那十八歲大、和我同行的姪女氣呼呼的說，這輩子就那天穿得最漂亮，竟然沒人搭理她。我們真正的差別，就在我帶了一副無法拔掉的眼鏡，指甲是乾淨整齊的，腳跟細皮嫩肉，臉上隨時帶著微笑，張大眼睛好奇的看著四周。姪女說了一句我一輩子永遠忘不了的讚美。她說：「姑姑啊！妳雖然沒灑香水，但是妳身上就是散發出書香味。」我那讀書沒我多的姪女，說話透露出的真誠與可愛不是我學得來的。

市集上沒水、沒電、沒冰箱，豬羊牛肉就露天攤開，任由蒼蠅吸血啃食。不要怪肉販懶得揮趕，幾十萬隻蒼蠅雄兵你敢揮打就來咬你！日溫三、四十度的開放市集腐臭薰鼻，不要說吃進去大腸桿菌，吸進去也有可能。

高溫油炸的麻花應該是安全食品吧！酥酥脆脆打成百褶狀的扇形，當時在台灣是沒見過的。但手邊只有人民幣，沒有糧票，想要試吃也是免談。便通的方式，是先向賣麻花的買糧票和塑膠袋，再買他賣的麻花。無奈賣麻花的以為我們窮到連糧票都沒有，一臉惡相，大罵「沒糧票、沒塑膠袋，你們是來找什麼碴！」於是麻花沒買成。不過倒是買了不少水梨，因為在大陸買水果可以用人民幣，不用另備水果票。我沒有自備提籃或塑膠袋，便脫下遮陽用的長袖襯衫來包裹。

幾十年前，小學課本裡敘述著大陸使用糧票、布票、油票等票券來管制民生物資，台灣同胞大概沒幾個人經歷過，但我陸續有收藏一些。下次有機會到大陸旅遊，真該再到古董市場去多找些糧票、油票什麼的來擴充我的收藏。

說到衣著，徐州地區穿著最花枝招展的，大概就是我們家。爸常穿上花格襯衫，配上象皮皮帶，挺著宰相肚，舉手投足就像德州石油大亨；媽媽帶了幾套套裝，有的是寶紅絲絨貴氣型，也有的是鏤空緞繡嫵媚

筆者收藏多年，非常珍貴的大陸糧票

型，值勤的公安看到我們，總是用無線對講機擴音大聲說「ㄨˇ ㄧㄠ ㄍㄨㄞˇ！ㄨˇ ㄧㄠ ㄍㄨㄞˇ！」❷都怪我的無袖花襯衫太清涼，台幣199元的橫條襯衫又太像囚犯，才會如此受到注目。但我真正想說的是，不論走到哪，我們三人的穿著和內地的同胞比起來，都不太搭調。

❷意思是「有妖怪」。

探哥記遊

一九八九年首次出國，來到父親的故鄉徐州。對父親來說，這是一趟回家的旅程，對我而言，則像來到一個異世界，我對什麼都感到好奇，但最終還是懷念起在台灣的食物與飲料。

來到大陸幾天，我的口袋裡終於有一些人民幣零錢，買了兩罐可口可樂，花了五元人民幣，等同於我夢月大哥兩天的工資——那時他當建築大隊磚塊挑夫，工資一天才兩塊多。我編了個理由跑到角落偷偷喝了一罐可樂，喝完罐子馬上被搶走，當時大陸流行以鋁罐做編織藝品。

那時候沒什麼旅行經驗，只帶腸胃藥品。來到徐州正逢九月天，從台灣、香港出發時氣溫約三十度，來到南京約二十度，抵達徐州大約十度，短短三天內溫差二十度，加上旅途勞累，我發現自己感冒了，卻沒有藥可以吃……。我起先並沒理會，想說過幾天會好了吧！

作客焦作看病記

在鄉下待了幾天，我的感冒沒有好轉，卻被大伯母強拉跟她回焦作家裡作客。旅途上大伯母削蘋果、梨子給我吃，吃完的果皮都被她包起來帶回焦作的家。火車旅程十幾個小時，車內空氣乾燥，外頭則是一片漆黑，黃沙滾滾。問大伯母和她女兒倩雲姐什麼時候到，從下午四、五點問到凌晨兩、三點，她們總是說快到了！我感覺卻像是已經快到黃河盡頭、雲岡石窟了。

搭了一天一夜的車，沒睡五個小時就被挖起來，火車上的枕頭布倒是很乾淨，看得到我頭髮倒出來的黃沙。下了火車，我完全沒辦法幫他們提那兩包花生米和更重的一包「包穀」（玉米）、蘋果和碭山梨。難道這些焦作沒辦法買嗎？非得一路從徐州扛來這兩袋（約莫有五十斤吧）？

來到大伯母家中，看到院子裡母雞小鴨啄食爭吃著蘋果、梨子皮，才了解大伯母細心打包果皮的用意。但此時我滿臉通紅，肚子發燙，全身發抖，只想咳出我胸腔中的黃泥、氣管中的黃土、喉頭中的黃沙，無暇感受、讚嘆她的勤儉持家。倩雲姐半撐半扶，陪我進焦作礦工醫院，我搞不懂這是什麼待客之道，為什麼不能再讓我多睡一會兒？為什麼那麼吵、那麼多旋轉輪……想著想著，就因發燒過度，差點昏倒在路上，恢復意識時，發現我已成了第一個在礦工醫院就醫的台灣同胞。

一進去醫生先用X光伺候，問我是否對藥物和抗生素過敏，對我做過敏測試。他們發現我的確對某個東西會過敏，因為手臂內側紅了一大片。四個醫生會診，結論是：我對棉花球上的酒精過敏。最終診斷則顯示我得了「急性肺炎」。都是那些黃河黃沙害的！

救命啊！接下來要打好幾大管的針劑，那些巨無霸注射針筒尺寸有如DDT的噴霧槍。筒壁嵌著一層黃色汙垢，像我家馬桶，也像馬路邊賣茶水的玻璃杯，或是大家共喝烏龍茶的黃泥杯。我直覺以為自己的病情將轉為肺癆、咳血。就因為對那黃色注射針筒的不信任，連帶使我也不信任這共產醫院開的藥方，吃了三天的「四環黴素」後我就自行停藥，心想剩餘的咳嗽回台灣再醫。結局很慘，這樣隨便亂停藥，結果由急性肺炎變成慢性支氣管炎，剩餘的咳嗽，到現在還在醫啊！

澡堂經歷

受不了我的央求，倩雲姐帶我去洗澡。礦工醫院的澡堂只有兩間，一間給十歲以上男人，剩餘的就到另一間。裡面有小男孩、小女孩、媽媽、姐姐、婆子、姨子，外貌有圓、有扁、有白、有黑、有長髮、有灰頭，上百人都被我看光了。她們大概也等著：妳怎麼還不脫？我只好面對牆壁，頭也不轉，眼也不張，十五分鐘內澡洗了，頭髮也沖乾淨了。

倩雲姐和同事在聊天，她們都願意來幫我搓背，遞給我磨腳皮的浮石。這裡人的洗澡道具可不是蓋的，有用來去角質和護膚的煤灰，有用來保持秀髮烏黑亮麗的何首烏藥泥，有可以殺菌的藥皂，有按摩的滾輪和長毛巾等，每個人都有一小籃的道具。聊完天、洗完澡，再順便把全家的衣服洗一洗，這就是她們的洗澡文化。

洗了差不多一個半小時，正好是當地人下午五點鐘的下班時間。置物櫃上倩雲姐的衣物還在，我的卻只剩下一副眼鏡和手上那條濕毛巾。謝天謝地，那個偷東西的婆娘還有一丁點良心，留下我的雙眼，讓我可以找到回家的路。我只好再回到澡堂洗個熱水澡，等倩雲姐騎腳踏車飛奔送來乾淨的衣服。她另外帶來兩封給我的電報，內文是召我速回徐州。

半夜搭乘兩個半鐘頭的公車，來到河南省省會鄭州，再經由隴海鐵路回到徐州。想我千里迢迢來了鄭州與焦作，竟只為了看病及洗澡，這趟旅程也「太有意義」了吧！

搭夜車有學問

陪我搭火車東返徐州的是倩雲姐的兒子，小名叫做「孬」，是個醫學院學生。他文質彬彬，是適合當總裁、御醫兼保鑣那型。假若他不叫我姨，我一定不顧禮俗倒貼他。他用心體貼又有小聰明，我起先不懂為什麼他帶了兩件衣服，卻不是裝在背包內，而是放在一口紙箱裡。上夜車後，他先把紙箱往上面行李架一放，我的包包也順便放進箱子裡。

一到深夜我才恍然大悟，明白這麼做的原因。原來是晚上睡覺時，買站票的人有的睡走道，有的卻會爬到行李架上睡。由於我們座位上方的行李架放有紙箱，就不會有人爬上去了，小孬真有先見之明。座位下有很多人吐的口水和亂丟的果皮花生殼，加上我還在持續咳嗽，成功的讓其他人不入侵我們的地盤，雙腿怎麼踢都很自由。

隔天早上六點半才壯觀，列車長來檢查掛在架上叮叮噹噹的不雅物品，毛巾內褲等必須全部收起來，也不准有人躺著睡覺。列車服務員帶來熱水，讓人可以泡茶、刷牙、洗臉。倩雲姐幫我準備了一個空的鄭州豆瓣醬玻璃罐，我終於願意喝火車上的熱開水，沒有人會和我共用杯子了。

火車上肚痛病

回到徐州後，接下來安排去海塘觀潮，並遊歷杭州西湖的行程。回想這三天以來，我就像是棋盤上的一個小棋子，先跟著人往西去焦作，收到電報立即前往鄭州轉火車回徐州，說要去杭州又上了火車。緊湊的行程不打緊，可憐的是我咳嗽感冒還沒結束，在火車上又出現嚴重下痢。放棄了座位，帶著整包台灣衛生紙在兩個車廂廁所間來回走動二十幾次❶。我很想把自己反鎖在固定廁所內，問題是那些兇悍的大陸人認為我惡意霸佔，無法接受我腹

❶當時大陸衛生紙跟台灣拜拜用的金紙差不多，我實在不敢用。

部絞痛的理由。

側趴在媽媽的肩膀上飲泣，想吐卻吐不出，又開始有點發燒。表哥找上列車長，塞了三十塊美金和一些人民幣。列車長於是把上海市長及他的祕書請到其他位置，讓出兩個軟臥舖給我們。那一夜睡得很好，腹瀉問題不藥而癒。這是我這一輩子第一次的下痢，幸好發生在火車上，不是在公車上，萬幸！萬幸！

舒服過了一晚，還是必須從軟臥回到硬座，經過了有三層躺床的硬臥，再經過以海綿墊高五公分的軟座，就是我們一行人買到的硬座位置。其實能買到已經很不簡單了，還有一堆持站票的人一路從徐州站到（當然他們會霸佔走道為座位）杭州咧！

表哥、堂哥、姪女一行人看到我時，已經是黑眼圈、白嘴唇、全身瘦了一大圈，彷彿成了另外一個人。姪女關心的問我，是否每個月都要這麼一次？天哪，她還以為我是大姨媽來報到！其實是大陸的大腸桿菌活性太強，這輩子腸胃從沒有問題，但在大陸就是破了功！

從徐州往杭州路程共花了二天一夜，在我病情終於好轉、神智也較為清

醒之際，突然看到隨行多了一位八歲小弟，我們走到哪跟到哪，還跟大家同桌吃飯。表哥解釋，徐州站的票務賣了我們五張硬座票，就在我們上車的同時，她的兒子就順便搭霸王車，跟我們一起來杭州旅遊了，我因為生病，沒發覺這個跟了我們兩天兩夜的小鬼。這種意外插曲實在考驗我的包容力以及忍耐力，我口渴也不敢提議買可樂喝，因為小鬼鐵定會跟我要，每罐可樂得讓我夢月哥搬一天的磚頭才能賺得啊！

西湖的濟公

到了杭州的西湖，幫妹妹去靈隱寺奉請一尊濟公。妹妹平常拜神有一搭沒一搭，上拜城隍爺下拜土地公，哪個石頭有靈顯，她的誠意馬上到。聽說這裡的濟公靈驗，妹妹特地囑咐我好好請一尊回來。我在開光登記冊上看到費用是二十元人民幣，想說真是便宜。繳了費，到西湖晃一晃，又到後山龍泉井去喝茶。三炷香後回來請神，光頭師傅竟然要我們再交尾款一百八十元，登記冊上的金額赫然被改成二百元——多加一個小零。

我那兩位無神論的表哥、堂哥跟師傅吵翻天，師傅說再吵就不靈！請神回去給妹妹後，她家小孩夏天中暑，冬天感冒，丈夫生意平平，六合彩也簽得不順。找來地理仙察明原因，發現濟公師傅雲遊仙境去了，木頭殼住進的是一個無名小鬼，又得花錢消災解厄。那靈隱寺師傅真是高明，果然是「再吵就不靈」。妹妹應該跟這兩位多事的堂哥表哥算帳，害她折騰了好幾年苦日子。

徐駝子大叔

一日下午，父親小時候的玩伴兼跟班徐駝子，帶我進城去會他的親戚，讓我當台灣來的花瓶。徐駝子我叫他徐大叔，小時大夥兒叫他的小名「鈕扣」。初返鄉探親父親幾乎認不得他，因為他在文革時期被整肅，脊椎被整個打彎，現在身高不到一米，我實在無法想像他當時的遭遇。小說文章中常出現刻骨銘心的痛，但心痛可以隨時間淡忘，當一個頂天立地的大男人身軀被打斷，一生的痛楚要怎麼才能減除呢？

搭上往徐州的公路巴士，走了大半路程被公安攔下臨檢。那時天安門事變才過三個月，公安滿街，橫行霸道。徐駝子大叔偷偷塞了兩個銅板給公安，公安使了個眼色咕嚕了兩句，突然吆喝駕駛後方的乘客下車去，然後很客氣的請我上他騰出來的位子。這下車的乘客很不服氣，他老婆也下車跟著吵。公車駕駛索性把他們綁在車頂上的五籠雞全部卸下，快快駛離爭議現場。

我坐在那燙屁股的座位，成了全車公敵。不到二十分鐘就到站了，我根本沒想要那不要命的座位。二十年後的今天我還在想，那兩位雞販和幾十隻雞就被丟在路邊，肯定沒有任何公車願意為他們停車。那一日護花使者臨時的美意，卻讓我心中感到傷痛，感嘆在這個濫用公權的國家裡，人民許多無法吶喊的無奈。

彩色電視開播！

在徐州市電器商店裡，我買了一組電視天線，隔天好安裝帶來的彩色電視。在台灣，新電視插上電源，連上天線、訊號線，就可以選台看電視，但在大陸鄉下可不是那一回事。

那時的江蘇鄉村白天沒電，所有配電優先供應給公務機關和工廠。村莊晚上的配電也才幾十安培——僅夠台灣的一戶人家用電，而且只限於女兒洗完頭用一次吹風機，媽媽用電鍋煮一回飯，以及爸爸打個盹開一小時的冷氣總電量。鄉村每家每戶都裝上銀絲線（保險絲）限制用電，❷一家就一個延長線插頭。一個二十燭光的燈泡就是移動式的燈，人群在籬笆內聊天，燈泡就掛在屋簷下；人群窩在客廳內喝茶，燈泡就掛在樑中央。當嫂子需要看爐火，大爺需要解泡尿時，省錢的就用蠟燭，不省錢的就帶著手電筒，不想花錢，就靠自燃能源——月光。因此想要獲得足夠電力看電視，可不簡單，一天就兩三小時！重要的是，電費不便宜啊！

安裝電視時，真的是被這韓國金星牌給打敗。虧他們曾深刻受到中國文化影響，厚厚一本安裝說明竟然有英文、韓文、印度文、阿拉伯文，就是沒有中文。全村老弱婦孺圍住我，等我翻譯那英文技術手冊。電視還沒開播，我就得解釋如何排除疑難雜症。天線組好架在竹竿上，趁晚間有電力有節目的時段，趕快設定好電視。選台按鈕有很多，但沒半個能按出節目。折騰半

❷用到保險絲自動燒掉，非常自動的省電法！

天，還是老爸提醒要先設定按鈕對應的訊號位置，我先按「按鈕1」，左右搜尋，把天線轉一轉，先左轉、再右轉好像在開保險箱，定在訊號最強的一點，之後再設定「按鈕2」，天線就不用再動了。

依此類推，中央一台、二台、江蘇台陸續出現，雖然畫面品質不佳，但起碼電視機是好的。那一晚沒人想聊天，也沒有人要聽我的公車歷險記，因為那對他們是稀鬆平常的事，是我少見多怪了。村中有了彩電開播，從此增添了新的開講話題。

中秋返鄉

開放大陸探親後，老爸平均三、四年會回鄉探親一次，多半是選擇清明節或中秋節，氣候較舒服，由媽媽陪著成行。一九九七年九月我到廣東江門出差幾天驗貨，那時正巧爸媽回鄉探親已經個把月，而那批電子線路板通不過檢驗，重新製作要六個工作天，給了我一個旅遊的充分條件。得知須滯留大陸那一天正好是中秋節，台商幹部幫我訂了廣州—南京來回機票，讓我和探親的爸媽團圓。

晚上八點抵達南京金陵飯店，房價每晚一百二十美金，行李已經被行李房❶拉走，但我並沒有要馬上進住，趕忙把行李要回來。櫃檯人員協助我聯繫車伕並議價，幫我叫了一部飯店的貴賓商務車（沒得選擇，整個金陵飯店才一部車）。這一部車是奧迪三千八百CC，全車防彈玻璃，是共產黨頭頭

❶當時大陸人叫提行李的服務生為「行李房」。

鄧小平來南京開會時的專用座車，其他我不認識的頭頭乘客就不計其數了。買了兩套麥當勞大麥克全餐當晚餐，晚上九點就與新伙伴又上路了。

月全蝕的夜

那一年的中秋節碰到百年難得的月圓後「月全蝕」，開車的師傅保證一定讓我在月亮全消失前和父母親團圓，還叫我漢堡不要吃太多，好等著吃月餅。他問我徐州怎麼走、張集鄉哪個方向、賀樓村有什麼特殊地標，我通通不知。那天我穿著絲襯衫、西裝外套，短窄裙配絲襪高跟鞋，師傅認為我的穿著不恰當，怕我被搶，不讓我在加油站上廁所，而是兩次在沒人的田野旁小解。馬路上常常出現大磚塊，那是拋錨車用來卡住輪子防止倒滑的，不過解決了拋錨問題的車主，從來沒好好處理他們的「磚塊恩人」。偶有乞丐睡在路邊，就希望你不小心撞到他，家屬馬上蹦出索賠。

半夜兩點車停路旁，司機大聲敲門問路，我驚慌的說：「都半夜了，你怎麼就隨便挑了這戶人家敲門！擾人清眠好嗎？」「誰叫這些店家們落在馬路旁！」司機師傅滿不在乎的回答我。地圖顯示張集到賀樓要四公里，到了半夜三點半，月亮快變成下弦月，我眼睛緊盯車上碼表慢慢逼近到四，心想四公里了，賀樓該是要到了！往外一看沒有街路燈，漆黑一片，深呼一口氣，聞不出家鄉的賀樓味。

車子轉進這第四公里的小村莊，車子續開兩、三百公尺，前方一個拿著手電筒的路人，被我們車子大燈一照，拔腿就跑。我們加速追上去，師傅吆喝「大叔，問路！」他停下腳步，但還是一副怕被搶的樣子，我仔細一看，竟然是姪子祥豹。原來他的爺爺——也就是我的爸爸，交代他不睡候著，三更天叫大家起床看月全蝕，正好被我碰見。至今想想，我一天內從廣東江門抵達江蘇，竟然還能找到賀樓，多虧那本江蘇鄉鎮地圖，太厲害了！

名駒奧迪相見歡

我的衣著裝扮雖然被親友誇獎好幾次，不過我這台灣來、穿著高跟鞋的第一女主角，製造的也只是過氣的新聞，那兩天的焦點話題反而是名駒奧迪。我不用煩惱開車的師傅沒地方落腳，他早一步住進村長家了。村中孩童爭相幫忙洗車，沒得洗車的能被允許摸一下車身也好，這可是駛進小村裡第一部身分崇高的轎車。

關於車租的猜測在村中迅速傳開，我只回答說是美金議價，我還付得起。村中婆娘受不了誘惑，此生就這一次機會，想借用這部「黨主席專車」一上徐州去找親戚。早上九點多我還躺在床上，不知道老爸已經幫我處理了這檔事。

「沒問題啊！油錢就不用計較了！但那過路費人民幣七元，總不好意思叫師傅自己掏腰包吧！」不知道是不是考量要自付過路費，姨婆後來改變主意不上街了，其他姑姑嬸嬸的也相偕說「不了！謝謝」，最後，有相機的拍照，沒有的上車坐一坐沙發過過癮，這可都是第一次呢！老姨婆一輩子沒坐過沙發，直嚷著暈車了，後來才發現，都是沙發墊太軟的關係，村中老人孩子笑成一團！

曲阜孔廟旅遊

大陸人旅遊都是半夜凌晨就出發的。有車不用白不用，第四天天還沒亮，我、媽媽、姪女與表哥，連同司機先生五人，前往山東曲阜孔廟旅遊。

車行駛到山東我才慢慢甦醒過來，加入談笑的陣容。由於他們三個大陸人爭相圍剿——以言語激將我不敢開車，我只好接招，讓師傅停下車，換我上駕駛座。我言明在先，我沒帶國際駕照，若被抓可不買單喔！他們說沒關係，後台很硬！鈔票很多！我內心苦笑是誰鈔票多……

開在市場路上，腳踏車逆向行使，三輪車橫衝直撞，一大堆人要走不走，我從後照鏡看到一部公安車駛近，嚇得大家冷汗直流。不料公安直接超車，還特地瞪了我一眼然後閃進小巷，連向他們問路的機會都沒有。我猜那些公安一定是生平第一次看到女子開車，料想此人不是權貴就是特務，居然開有奧運光環的大車，還是快快閃人吧！

餓肚子進孔廟是不人道的，我們隨意挑了一家看起來乾淨對眼的餐廳，點了多道孔子喜愛的菜色。菜名根據不同場合、季節、儀式、服飾，每一道的命名都有典故。肚子餓了，連朱元璋都要乞討食物，更何況是面對國策顧問最愛的宮廷級美食！因為那些美食太「宮廷」了，我的平民小腦袋根本沒法記住吃了什麼佳餚。印象最深的只有那烤羊腿，鮮嫩多汁，碳烤火候均勻恰當，外皮酥脆可口，羊肉滑溜順口。

媽媽不喜歡羊騷味，直稱好在這花椒和礦鹽把騷味給壓下了，勉強可以吃。我正好相反，小時後在眷村喝羊奶，特別喜歡那騷味。這羊腿經過那麼一烤，管他撒什麼胡椒八角塗大蒜，我的鼻子只聞到那騷得令人幸福的羊味！那羊大骨湯配方獨特，湯頭經過三天三夜熬煮，眾人喝完那一大盅湯，店家馬上再加湯。沒喝完的湯我交待用塑膠袋打包，我那三位大陸同胞都怪我太寒酸、太奇怪了。我問老闆廚房還有幾隻羊腿，全部包好了等我回來。

等到三、四小時逛完孔廟回來後，回來取三大支香噴噴的山東烤羊腿，老闆還把他店內所有的大骨湯包成五大袋免費送給我。當天晚上回到賀樓，看著老爸吃饅頭沾大骨湯，吸哩呼嚕的喝了兩大碗，讓我感到很滿足。大骨湯就是要打包回來給爸爸喝的，羊腿誰分到就不重要了。

回來以後，關於車租的謠言依舊，連老爸也快受不了，離開前他特地把我拉到屋外，直接問那部「防彈專車」車租究竟是多少。我比了四指，還得交代說後面只加兩個零（美元現鈔），但因為臨時加了山東曲阜這一段行程，得再多貼一點。老爸才歇了一口氣，說村中謠傳那車租約萬元人民幣。我去孔廟前聽到的是千元行情，沒想到才過三天，通貨膨脹得這麼快。

那次的中秋節，我因檢驗產品的空檔返鄉和爸媽會合，順便縮短他們的探親旅程。媽媽曬得很黑，在鄉下又燙了一個釋迦頭，就像電影裡南非的布希曼人髮型。兩老提前跟我坐「防彈車」回南京，媽說我「救她脫離苦海」。我想，在台灣生長的母親，畢竟還是不習慣爸爸的老家吧！

大陸探親幾次後，吃喝拉睡也比第一次習慣了。剛開始探親只求能吃飽不拉，解渴不瀉，但之後的探親漸入佳境，互動也多了。媽媽教他們從餵豬的地瓜葉挑出嫩一點的來炒青菜，一開始全村笑翻天，難以相信餵豬的地瓜葉人也可以食用，不過吃過一次，大家都讚不絕口。她還教大嫂滷蹄膀，先爆大蒜後加醬油和糖滷，結果兩三小時後豬肉還是白的，原來是大陸的醬油有問題。不過，幾年後才又搞明白，當時的大陸醬油不加所謂的焦糖人工色素，反倒是比較健康的。

猜昨晚與誰打麻將

身為遷台第二代，老爸被賣壯丁一事，我查閱許多背景資料，得知當時為應付國共戰爭，國民黨急切要求各地抽出壯丁。民間有涉入毒品的、沉迷賭博的，或是貧困的人，就將自己的自由身賣了，以替代被抽到卻不願從軍的壯丁。

但根據夢月哥口述及賀樓村民證實，當時咱們周家是地方大戶，怎麼會淪落到把老爸給賣了呢？

時間還原到中日戰爭後國共內戰期間，三伯父在徐州當警察。三伯父個性剽悍、精明強幹，為一地方大哥，套句台灣話，黑白通吃。當時年約二十五歲的他，套上制服當警察維持社會秩序，換上便服立即仲介買賣壯丁。我父親正當血氣方剛的二十歲，心想當兵也無所謂，沒與家人商量，就答應了三哥要從軍去！三伯父賣得的十二塊現大洋，老爸交代他要拿給奶奶跟媳婦家用，便頭也不回、瀟灑的踏上軍旅之路。雖然三伯父賣了老爸當壯丁，他還是教授了逃兵的對策，老爸還沒上戰場就又逃了出來。

再度從軍

回鄉後，公子哥學校回不得，田上的耕作輪不到他，當時社會因內戰，秩序大亂，也找不到工作。整天無所事事的父親，又因國民黨在村莊內到處抓壯丁，躲躲閃閃難以見人，度日如年的父親與堂兄弟乾脆相約志願從軍。這次比較幸運，不用挖壕溝，而是被分派到徐州裝甲兵學校，服役於戰車營，當時的校長即為蔣中正，而蔣緯國為司令。

短暫在無錫受訓，後來美援的一批坦克車抵達上海，但坦克車沒有配備砲管機關槍——那些配套機關槍竟然運去台灣了。因此蔣緯國所屬的戰車營宋排長帶著父親等兄弟，前往那未知、陌生、有香蕉吃的台灣。上海那一批坦克車及第二批弟兄則在個把月後（約末一九四九年一月）從上海出發抵台，我父親真正開始了「裝甲兵」的日子。

一九四八年十二月我父親來到台灣，一塊現大洋買了一整串香蕉，當時他的薪水才兩塊現大洋。「敬軍愛民」的口號，嚴禁部隊阿兵哥對台灣村民

有越軌不當的動作，因此也不敢殺價。買來的那「掛」香蕉，弟兄三五人不到一小時就全給吞了，再來每人三大碗的彰化「ㄘㄨㄚˋ冰」，那時他們落腳彰化八卦山附近的小學，但我爸沒愛上「ㄘㄨㄚˋ冰」，他這一輩子就是喜歡吃香蕉。

歷史場景重現

三十年前的返鄉探親，第一次聽到老爸被三伯父賣壯丁時，心中充滿對三伯的敵意及歧視。直到長輩們講到故事的後段，才知道「賣壯丁」這一整齣劇，老爸可是配合演出的。我當下對老爸行為打了個大問號：「你到底是有膽識還是太無知？」再說，在故事的續集中，找不到頭路（工作）的老爸竟又志願從軍！唉！兩次從軍的阿爹啊！萬一你戰死沙場，那我們兄弟姊妹四人不就沒機會投胎在台灣嗎？

了解老爸不是在家道中落情況下賣壯丁，但還是想求證周家當時的經濟背景。

夢月哥立即誇口：「當時咱們周家為地方大戶，俺爺爺在方圓百里可是無人不知、無人不曉的族長！」

「說說看！」我不可置信地問道。

「就俺爺爺奶奶，蔣經國都客氣的喊聲大爺、大娘！」

「為什麼？哪一個蔣經國？」

「不就蔣介石的兒子蔣經國嘛！不只蔣經國，還有蔣緯國哩！他們就住在俺爺爺的東屋，現在夢龍哥的房子。」

我就如中了樂透、挖到寶一般，興奮的質問下去。

「怎麼？不信？蔣經國、蔣緯國❶先後都住過爺爺家，而且是一個多月，食衣住行都是大爺大娘親自打理，連台灣施行的『育樂』，咱家也同樣顧及呢！」

「怎麼說呢？」

❶查證軍史資料，徐蚌會戰前後，徐州司令官為李延年，蔣緯國為徐州戰車營司令官。村中諸多長輩都證實這兩位司令官曾落腳賀樓村。至於空軍司令官蔣經國是否造訪賀樓村？我想聽聽就算了！各位不要認真！

「他們那些軍中政要，白天在賀樓小學開會討論內戰事宜，調兵遣將，沙盤推演，晚上回到村子夜宿，用完晚餐，喝過茶水，又回桌上大戰三百回合——打麻將去了。」

來到那一年的東屋

原來爺爺與三伯父都曾與這二位貴賓在桌上較量過。

一九八九年與父親返鄉時，二伯父就向父親投訴說，昔日三伯父把他養一眷豬的錢給賭輸了。當時父親交代我私下拿五百塊美金給二伯父，解決了此事。父親只知道這筆錢用來補貼「賭光了的賣豬錢」，誰知道這筆世紀賭債乃是三十年前輸給蔣經國的還債錢，真是不可思議！

本來是要問周家歷史，想不到卻得知這遺漏的野史，實在有趣！蔣經國啊蔣經國！不好意思啦！我不是故意要挖您老人家愛賭博的瘡疤啦！

不過我的好奇心不可抑制的升起……

「走！帶我去東屋，帶我去拍照，帶我去賭博犯罪現場！」

「那是哪一年啊？」沒人說得上來！全村老一輩的早已拋去戰爭悲慘的

記憶，但一講到打麻將這中國國粹，長輩們個個變成拼命三郎、光榮就義的賭徒。大夥隨我加快腳步到了東屋。

「麻將桌就擺在這兒！」「司令官就坐在這面朝西的方凳上。」「伙夫就是在這兒燒材泡茶伺候」「就是這口井！」「就是這口井！」眾人七嘴八舌如爭相邀功似的。

東屋木門上對聯「天地英雄氣，神州浩蕩春」。橫批在屋樑上，還有共黨特別印記……不過字卻模糊了。「大爺交代過東屋不可拆除！」「那就對了！肯定是要留下高官造訪過的福氣。」兩位老人家得意洋洋地說道。

不對啊！治「國」兩兄弟在這兒打麻將，那我老爸在幹嘛？

「我老爸又在哪兒？」

「你爸從軍去了！不在家！」

翻開歷史書頁，蔣司令官駐軍賀樓，是在徐蚌會戰期間，那是一九四八年十一月到一九四九年一月的事。我父親那時差不多在台灣了！

「天地英雄氣，神州浩蕩春」我彷彿聽到爺爺東屋上的對聯在怒吼……

走！帶我進時光隧道，帶我走進國共內戰殺戮戰場！

中午吃了太多豆腐，腦袋一片空白，不，是因為對戰爭你死我活、燒殺擄掠的慘景沒多少概念。生在太平世的台灣，沒受過殖民戰爭洗禮，僅憑著看過幾次二戰屠城紀錄片的想像，沙包、土砲、邋遢、飢渴、屠殺、俘虜、沒洗澡、沒剃鬍、破棉襖……歷史場景一幕幕升起，不過不是槍林彈雨的戰場，而是賭桌上的廝殺。

司令官打麻將的院子，題字為「天地英雄氣，神州浩蕩春」

斃斃斃！切切切！堆堆堆！「碰！」「自摸梭哈啦！」麻將牌撞擊聲，伴著牌桌後當局者的迷醉喊叫……「打麻將三天五天不累，喝毛台三瓶五瓶不醉！」

走著老著，我隨時空想像走著，村老們隨光陰巨輪走著……我未曾經歷烽火連年的戰爭洗禮，老一輩的村老則早已拋去戰爭模糊的記憶……

「天地英雄氣，神州浩蕩春」我彷彿聽到爺爺東屋上的對聯在怒吼……

老爸的部隊兄弟

有一張舊照片，是老爸中年時，與軍中兄弟相逢後的大合照。照片背面有老爸特別加註每個兄弟名字及外號的字跡，且都依照站列順序寫下。我很想在書中放上這張照片的正反面，但因為上面有叔叔伯伯們原始的真實姓名，想想還是為他們保留隱私吧！不過還是忍不住要公布一下他們「很Q」❶的外號：象皮、二台、瞎子、長腳、小兒童、麻子、老滑蛋、老甘、老大、大象、錦兒、寡婦、海裡跳、伙夫、酒鬼、大十、士官長。

「弟兄們，集合！」歷史的某一刻，一定曾有人這麼呼喊道。

照片中連同老爸共有二十八個大男人，但只有十七人有外號，老爸沒寫下別人稱呼他的外號，我覺得很可惜，我只好叫他「老周」。老周的筆跡很漂亮，依舊覺得不能登出很可惜！

❶ Q是cute，可愛之意。

姻親四兄弟

清泉崗裝甲兵部隊，老爸那一排有「四兄弟」——四個拜把兄弟。記得看不起「外省仔」的三叔公曾說：「我們王家的女兒，若要嫁給那些豬，不如剁剁給豬母拌屎吃。」不說還好，一語成讖，王家待嫁閨女四人，在四位上過沙場、歷經無數軍事演練、開過噴火戰車的阿兵哥熱情攻勢下，一一被擄獲芳心。

你看，團結就是力量，真不是蓋的！四兄弟成親後，倒真成了「姻親」！不過這些老芋仔在老丈人面前，都是身段柔軟，「阿爸」、「阿母」叫得比親兒子還嗲。

裝甲戰車營第二排弟兄於清泉岡的的雙十聚會（後排右邊數來第五位為父親）

王家四個待嫁女兒當中，除了媽媽之外，一位是媽媽的親妹妹——也就是我那四個月就送人當養女的阿姨，一位是媽媽的表妹，還有一位是媽媽的表姊。說起來真是「好康道相報，相揪去嫁尪（ㄤ）」！而這三位與老爸感情很「麻吉麻吉」的阿兵哥，其中一位年紀比爸爸大，也是第一個王家女婿（我爸是第二個），我出生後一會說話就直接叫姨丈。另外兩位阿兵哥年紀比爸爸小，原先我都叫叔叔，後來他們依序娶了阿姨後，便改叫姨丈。王家女兒全部嫁給阿兵哥，想必在三叔公心裡頗不是滋味。不過在我看來，是一連串頗為有趣的喜事啊！

老爸的軍用物品

家裡有幾樣舊東西跟著我們搬家遷移二十年，後來在一次大掃除中，我少不更事，自作主張，也沒徵求爸媽意見就全給清掉了。然後不知為何，雖然早就丟掉了，對這些物品的印象，依舊清晰映在我的腦海裡。

有一條是美軍毛毯，橄欖綠，品質非常好，現在這種軍毯只能在美國二次大戰戰爭片可看到。

有一個裝機關槍子彈的鐵盒，一樣也是橄欖綠色，盒外浮刻機關槍編號及子彈編號。子彈用完鐵盒不用上繳，爸爸把鐵盒拿回家當醫藥箱。

另外，有一個長寬高約莫都是五十公分的木箱，也是漆成橄欖綠，爸爸連木箱都漆成綠色系列，可能部隊中只有綠色的漆可拿吧！

對了，有一件極具歷史意義的軍用大衣，是民國二十七年十二月二十六日爸爸從上海抵達基隆港所穿的軍大衣，顏色是淡的橄欖綠，大衣外層有上蠟，防風又防水，內層裡襯的是長羊毛，配有拉鍊，可以依據天氣來決定拆卸。這件軍用大衣在我二十三歲時已跟著老爸三十六年。三十六年沒洗過的結果，是羊毛不再雪白柔軟，甚至糾結成條狀如扭動的蠶寶寶，且年久累積的羊騷味道極重，有一個時期讓我很排斥，看了也會害怕，再況且那件厚大衣，硬是霸佔了衣櫃一半的空間，看了胸口好悶。想想台灣天氣四季如春，從來也沒看老爸穿過，每年還要拿出來曬太陽，真是麻煩，不如就丟了吧！

有一樣老爸的軍用物品最神祕，與丟掉的那些都不同，是我想找出來卻找不到的。老爸曾壓低下聲音與那些阿兵哥叔叔討論，警備總部通令繳械，家中如還有軍槍子彈武器什麼的，在期限前繳械就一概不追究，否則……就什麼什麼的。這類的事，小孩不懂也不可亂問，因此究竟是步槍、機關槍，以及還有多少子彈等等，都只活在我的想像中。那幾年，我翻了許久，還是什麼也沒找著。

嘗問自己：如果時間可以倒轉，會不會扔掉那些老爸的軍用品？

會！但是我會先徵求老爸老媽的同意。而且我會留下那個生鏽的彈匣醫藥箱，因為這個醫藥箱曾經陪伴及療癒四個孩子無數次的小傷小痛：妹妹小手的鉛筆刀割傷、弟弟玩躲避球跌倒的淤血、忘記是誰爬樹磨到膝蓋的擦傷，以及我被蚊蟲叮咬的傷口。紅藥水、紫藥水、紗布、擦淤血的軟膏……

我真是後悔丟棄那個醫藥箱。

長女札記

昔日玩什麼

王永慶尚未發跡之前，大部分玩具不是塑膠製品，也沒有大量生產，都是手工自己動手做，遊戲也採用季節天然材料。我們小時候，草長高了玩草霸王，稻草收割了建稻草屋。躺在草屋裡面睡午覺，全身癢癢的，到農夫來喊了就趕快跑走。

筆者與童年遊戲的大樹（當年爬樹對我們來說都是小事）

土地公廟旁附近有一棵朴樹，春夏會長出朴樹果，也就是小孩子講的「霹波ㄚ子」。我們拿這個來當彈藥，並到竹林取竹枝做成竹槍，如果「霹波ㄚ子」彈藥用盡就用濕的衛生紙團代替。別小看「霹波ㄚ子」，若被射到比塑膠子彈還痛。不過這通常是男孩子的遊戲，我在那時期學會爬樹，就是為了要取霹波ㄚ子給弟弟，好讓他們參加小巷內小孩子的槍戰。

我們的遊戲

男生喜歡玩的紙牌，正面印有史豔文、藏鏡人、秘雕等人物。他們照顧牌王就像是照顧蜂王一樣，打蠟、上膠、磨光。怎麼玩？牌王一發出，紙牌塔應聲落地，被抽出的紙牌就會被沒收。

弟弟他們兩手臂永遠套著上百條橡皮筋，玩「比狠」、「比準」、「比角度」的射擊遊戲。女生則是收集各色的橡皮筋圈，套成長長的「橡皮鍊」玩跳高，萬一絆倒也比較不會受傷。弟弟他們的口袋書包也藏有很多的玻璃彈珠。近年夏天在自家花園整地，挖到一顆玻璃珠，才知道歐洲小孩子也玩玻璃珠，但是不知道他們的玩法如何？要不要畫框框？

小時候要自己擦皮鞋，用完的鞋油鐵盒——記得是「天工牌」鞋油——裝上沙子就變成沉甸甸的「鐵盒磚」。先用粉筆在地上畫出遊戲空間，雙方輪流用單腳踢「鐵盒磚」，在空間內面圈劃出自己的地盤。如果鐵盒磚踢出規定的遊戲空間，就出局！若踢到空間內的某一點，又能靠單腳跳到鐵盒處，經過的這些土地就由自己佔領。當雙方已經佔領的差不多、剩下最後一點點土地時最難搞。總之，藉由鐵盒落點來擴張土地，但必須控制鐵盒不可踢出局，也不可踢入對方已經佔領土地。這個遊戲雖名「蓋房子」，實際上是佔地遊戲。

我們也自己製做沙包、紙娃娃、風箏、紙火箭、燈籠等。有一年向市場菜販要了一條肥大的白菜頭，準備在元宵節當天下午把中間挖空插蠟燭，做成燈籠提。道具全準備好，就等吉時動手，想不到發生了一場燙傷意外，無法發揮我的創意創作，隔天菜頭就被拿去煮湯了。跳竹竿舞我也很在行，但是付出過慘痛的代價，那次因為跳得不夠快，被竹竿夾到，痛得我眼淚鼻水直流呢！

王永慶發跡後塑膠玩具變多，對面人家開始玩呼拉圈，我們家除了呼拉圈，還有高級玩具「樂樂球」可以玩。所謂樂樂球，是在一顆橡膠球套上一塊踏板，雙腳站在踏板上面，大家比賽看誰可以在踏板上維持最久。當時週末台視綜藝節目「大千世界」，來賓最常比賽玩的就是這個遊戲，我們算是相當跟得上時代啊！在家裡，我們常端著一碗豬油拌飯，邊吃邊搖呼拉圈、跳繩或玩樂樂球，如果吃太飽包準吐光光。在戶外，我們也玩一種叫作「彈跳棒」的玩具，它的形狀就是一個「干」字，雙腳登上「干」下面那橫，雙手抓住上面那橫，比賽看誰可以藉著下方的彈簧跳得最遠，學校還舉辦過彈跳棒比賽呢！不過這是大一點的孩子才能玩的，年紀較輕的小不點們，還是去玩跳繩吧！

早就在玩草地飛球

有一樣室內遊戲是我們家獨有。媽媽曾經從工廠拿回來一個大圓桶，厚厚的瓦楞紙板帶有鋼圈滾邊，直徑半尺、高一米。大人不在家，或碰上雨天無法到外面釋放多餘的體力，那時我家兄弟姐妹就合力推出那只放在角落的大圓桶，管他裡面有著媽媽藏的舊衣、破布或是旗袍，通通給倒出來。再把客廳桌椅全搬開，「剪刀、石頭、布！」出掌猜拳，贏的就先鑽進圓筒。蓋上鐵蓋，前後兩側各站一人，圓桶就從這一頭滾過來，又從那一頭推回去。

待在圓桶內的小朋友天旋地轉，如同搭乘星際飛航穿越時空。輪了幾回大家也都累了，趁媽媽還沒回來，又把那一大堆破爛布（其實是媽媽結婚時穿的舊旗袍）、抹布、菜瓜布全部丟回去，物歸原處，自以為不著痕跡。但下次媽媽如要找這件褲子、那件袖子，就有人要被擰耳朵了。

曾經在澳洲流行，後引進南台灣的「草地飛球」，是玩家爬進一個透明球體，繫上安全帶，隨草地順勢坡滾下。聽說塑膠球內悶熱非常，遊樂區甚至供應免費的嘔吐袋。不過那個塑膠滾球遊戲對我們一點也不新鮮，因為我們幾十年前早已玩膩了！

養蠶寶寶

小時候所有的玩樂裡，最讓人用心費事的是養蠶寶寶。我們天天數寶寶成員，看是否少了一隻。平時清牠們的便便以外，下課後再去鄉下田野間採桑葉，採不到桑葉時就用零用錢去店裡買應急。有一次颱風天不用上學，「柑仔店」（雜貨店）沒開，又沒有桑葉存糧。我們可以不吃，蠶寶寶不可以餓著！後來爸爸領著我們四口，在颱風天冒險外出採桑葉，我想所有蠶寶寶都很感激爸爸！

蠶吐絲成蛹後羽化成蛾，下了千百個蛋在衛生紙上，幾個禮拜光景就有上百隻的小寶寶，我們又得開始搜尋採取更嫩、更多的桑葉。每片桑葉要仔細用衛生紙擦乾，否則寶寶吃了拉肚子就「ㄘㄨㄚˋ起來」（意指翹辮子）。收集了上百顆蠶蛹帶到學校給老師看，老師卻沒教我們怎麼抽蠶絲、織絲布。

成年後看姪女玩芭比娃娃、打電動玩具、排積木、收集小卡片，有許多都是標榜「益智」遊戲，在我看來卻沒什麼創意和看頭。更可悲的是現代小孩要上學校安親班、補習班，行程從星期一到日排得滿滿的。我有個姪女因為沒事先預約，已經好幾年沒見到面了。另一個姪女早就不玩芭比娃娃，才國小年紀卻是手機不離手，整天在那兒ㄅㄨㄟ來ㄅㄨㄟ去。過去我們玩遊戲是動腦筋想、動手做、動腳跳，全方位的健康遊戲。而「i」世代的手機遊戲，分了你的神，薄了你的口袋，有時還引來災害，引來擄人或詐財的風險。

童年的雞鴨與小豬仔

一九五〇年代，因為美軍第七艦隊駐防台中港，台中大雅路附近第一次有了「火雞肉飯」的菜單。十多年後，在我的童年時代，原來不曾出現在台灣的火雞，便成為習以為常的家禽。家裡的後院養過幾次火雞，火雞和穿紅衣的女孩是死對頭，小女孩一旦被火雞認為是可壓制的弱者，一看到就會被追著跑。我也被火雞追過，但火雞一上了餐桌，我就沒在怕了，吃到沒空擦嘴。

餵養火雞時我們可是很用心。媽媽把豆腐店給的黃豆渣拌米糠捏成團，再把火雞壓在跨下，一團一團用手指壓進食道。這是媽教的撇步，故意要撐開火雞食道，讓牠吃得更多、長得更壯。很多火雞都是臭頭，傳說是蚊子叮的。其中有隻火雞瞎了眼，媽媽到西藥房買些硫磺粉混進雞飼料就搞定了，不知道是什麼理論或硫磺粉比例，反正又是撇步就對了。

聽說我還在媽肚子裡的時候，家裡養了一打的鴨，餵完飼料後媽媽就會爬到樹上，坐在枝幹，邊欣賞鴨群來回散步，邊作著夢，計算什麼時候可以賣錢、什麼季節可以吃鴨肉。看著這些鴨吃相難看，卻又瘦骨嶙峋，不合「媽」意，她就從樹上跳下，捏飯糰人工餵養比較快。某次在人工餵養時，一隻鴨子受到驚嚇，頭一甩就翹了。真是揠苗助長！不過那晚媽和爸就有鴨肉吃了。

我幼年時代的台灣，日子比較苦，很多家庭都有養貓、狗、鴿子、兔子的經驗，牠們部分會成為桌上食物，這些我家也都養過。鴿肉和雞肉沒分別，兔肉吃起來讓人怕怕的。別問我貓肉狗肉味道如何？我不是廣東人、山東人。我家曾養過兩隻暹羅貓，爸不但買肯德雞餵牠們，三不五時還準備鱈魚香絲當零食，或許獸醫會覺得那些是很糟糕的垃圾食品。

我們也餵過雞吃一些怪飼料。有一時期爸爸開大卡車運西瓜，每天都撿回來幾十顆裂開的西瓜，分著鄰居吃，連我們家的雞也同享。五六隻雞天天有龍井特產的「金蘭西瓜」吃——可不是西瓜皮呦！那年的雞肉特別甜，我們都捨不得賣，反正也沒有人會相信我們用西瓜餵雞，而給比較高的價錢。

養雞養鴨都是小卡司❶，我家小小二十坪養了六口人，三坪大的後院

（約九平方米）還曾養過四條豬。四隻小豬是向當豬販的三叔公買的，他特別抓了四隻調皮搗蛋的小豬給我們養。豬寮是老爸親手砌磚塊圍起來的，飼料槽和排水槽的傾斜比例都抓得很好，尿便外排得順利，氣味也只會順風往外飄。我們很喜歡看著小豬爭食飼料，每隻小豬個性不同，叫聲倒是一樣的「嘓嘓！嘓嘓！」我睡的房間每天都可以聽到小豬叫，那是最美的催眠曲。

小豬養了一兩個月，個子已經長到和我們差不多。平日喜歡繞圈圈聞屁屁的小豬，有一天卻不「嘓嘓！」也不尖聲叫，全躺了下來哀號，無助的看著我們。我搞不清楚為什麼四隻小豬的肚子有如熱氣球那麼大？媽媽明明特地從魚市場買了雜種魚混進飼料，看小豬吃得很開心啊！原來是那些高蛋白豬飼料在豬肚內發酵，讓牠們消化不良胃脹氣，但是又無法打嗝和放屁，結果有兩隻躺著不動，脹死了。另外兩隻吃得比較少的哼啊哼，用黑眼珠看著我們，哀求大家想辦法。

爸媽想到的辦法，就是在白天選一塊地，晚上九點多把已經死了的兩隻

❶卡司指case，小卡司是小事的意思。

用扁擔挑到竹林埋了。我緊跟在後頭，在黑夜裡用手電筒照明以便爸媽掘坑。爸媽流的是汗水，我流的是淚水，實在搞不清為什麼四隻昨天還健康嘓嘓叫的小豬，今天就脹死了？隔天去上學時，做香腸的來帶走另外兩隻有氣無力的小豬。沒過幾天爸就把豬圈給拆了，改建成一個小廚房，從此我家就不再養家禽了。

為小豬仔之死痛哭的筆者（背後是埋兩隻小豬的竹林）

抓匪諜的時代

二十三歲未離家之前，我很喜歡過生日，在我家過生日與一般家庭沒兩樣，也是買個大蛋糕吹蠟燭、許願、送小禮物等把戲。唯一不一樣的是妹妹生日早我四天，爸爸生日晚我三天，因此我們一向是三個人生日一起過。這樣的過生日方式直到二十三歲出社會讀大學前。大學時期因開始聽到二二八事件受害家屬的現身敘述、二二八事件責任歸屬的探討，我就不再過生日、吃蛋糕了，因為我的生日正是二二八。

大學時期特別熱衷研讀二二八事件，及民國四十至六十年代白色恐怖迫害相關文獻資料，那時雖對政治一知半解——或者根本是毫無概念，但卻被這類資料強烈衝擊著思想。從小受的教育就是敬愛民族偉人，以為我的心是深藍那就是愛國。直到讀了許多反抗國民黨思想文章，我又以為我的心愛台灣而轉支持深綠。

就業後，慢慢在經濟能力允許下出國增廣見聞。有一天我站在柬埔寨的土地上，聽導遊解說波布政權屠殺三分之一全國人口……。又有一天我站在波蘭奧斯威辛集中營，細讀希特勒屠殺六百萬猶太人及六百萬異議分子的文字……。移民到歐洲後，又陸續看到記錄片《史達林兩千萬大屠殺》、《中國紅色恐怖》，以及美國白色恐怖學術研討，也是死了不知道多少人……。我驚訝的發現古今中外，都有類似的血腥歷史，而且都只是為了當局少數幾人的政治利益。

西元兩千年，我開始上丹麥國際語文學校，聖誕節前每人要繳二十克朗——約新台幣一百二十元——買禮物送給老師。班上一位年紀約三十歲的男同學，因為是盧安達難民，繳不出二十克朗，我偷偷幫他繳了這筆小費用，又從家裡整理一包衣物及塞個小紅包送給他，我永遠忘不了他看著我的眼神。他很黑，很黑的雙手輕輕的握著我。

這位同學是一九九四年盧安達百萬屠殺事件的見證者，因為心靈受創嚴重，失去語言表達能力，來到這個班上，他主要學習書寫、練習聽力，老師也希望他能慢慢開口。他常流露出失落的眼神，這是親身經歷血腥暴力、無法抹滅的痛苦眼神。在他身上，我領悟到人性的黑暗、非理性的政治，以及一個人無法預測的幸與不幸。

套句老爸的說法：「心不夠黑，不要玩政治」，老媽則更通俗的說：「沒那個屁股，不要吃那個瀉藥」。人人有表達言論的自由，也有關心或不關心政治的自由。在表達言論又不關心政治的前提下，我回憶起小時候所受「幼童政治教育」的概況……

國小定期參加演習躲防空洞不稀奇，國中時期因防空洞減少，防空演習改躲在學校圍牆下，老師或訓導處主任常趁機搜查桌內抽屜及書包，看有沒有情書、違禁品，這樣的事情在當時全然不稀奇。

但現代聽來較為驚悚的則是「保密防諜」。在我讀國小時每學期總有一次「檢舉匪諜運動」，除了校園內處處張貼「保密防諜」、「小心隔牆有耳」、「匪諜就在你身邊」這種反共標語，訓導主任也會利用升降旗後訓話，宣布抓諜要點與活動辦法。主任亮出手中的黃色、紅色貼紙，說這就是「匪諜」出現的警訊，大家要努力把貼紙找出來，交到訓導處，如果找到黃色貼紙可記小功一次，找到紅色貼紙可記嘉獎一次，並接受表揚。另外，發現反動語言，也可上台領獎品。

我曾經為了搶先找到「抓匪貼紙」，早上六點半就到學校四下尋覓，當時還很害怕，萬一匪諜發現我怎麼辦？當時真的以為匪諜隨時會出沒在校園死角、教室外牆、廁所陰暗處、老師桌下、垃圾焚燒場及蒸便當的廚房。每個小朋友在下課後，就是在校園內走來走去，忙著找出彩色貼紙，而且真的以為那是匪諜來貼的。

學校也鼓勵學生保密，尤其要保守國家機密。當時還太小，搞不清楚「國家機密」的範圍，結果是產生一大堆同學間的告密，例如誰蹺課啦！誰沒戴手帕衛生紙啦！誰打誰之類的。那些日子裡，我都要小心的看隔壁同學寫些什麼小紙條，更害怕同學也來探我的隱私。由於要找到反動標語的證據非常困難，國小的我們又非常希望自己可以上台接受表揚，因此每當經過寫滿標語的電線桿、被亂畫的牆面，甚至在學校上廁所時看到蠟筆塗鴉，都拼命尋找、研究裡面有沒有反動語言可以拿去提報。找不到反動語言可提報，只好望著天空，看看有沒有大陸飄來的空飄汽球及傳單，據說找到這類的獎品就更多了。

那時我們才十歲、十一歲，師長竟然叫我們舉報匪諜！不可思議吧！

一個洩氣的老爸

小時候讀書求學所需的文具用品、書包、鉛筆盒、墊板、字典、參考書及算盤都是爸爸幫我張羅，讀書寫字都有爸爸當我的伴讀，投稿《國語日報》作文徵文及蠟畫明信片都是爸爸幫我貼郵票，練毛筆字也是爸爸抓著我的小手，一橫一豎、一撇一滑努力的去臨摹爸爸傳授的力道。

國小五年級時，非常光榮、非常高興又非常驕傲的接受老師指定，代表班級參加全校書法比賽。若將中國五千年文化比喻為深不可測的汪洋大海，我想自己就像一條首次下水的小船，即將駛進中華文化浩大的洪流！我是那條小船，毛筆是我將奮力向前划的那隻槳。學好毛筆，寫好書法，是學習中華文化的入門課——最起碼爸爸也是這麼說。總之，參加全校書法比賽當然是要有無數次的練習，萬全的心理準備及最高境界的自信心。

比賽前就拜託媽媽，一定要幫我定好鬧鐘叫床，上學絕對不能遲到；事先請幫我準備好乾淨的制服，皮鞋也都要擦亮，才能贏得評審老師好印象。

我自己則在書包內放了一疊衛生紙，用來吸除多餘的墨汁，避免沾汙。最重要的是，拜託爸爸幫我買一對中楷及小楷的新毛筆，要狼毫、不要羊毫；要名家，不要雜牌。「工欲善其事，必先利其器」，雖然我到國中才學到這句成語，但讀小學的我就已經確定一定要有副好毛筆才可寫出好字，參加比賽才有優勢。為了讓爸爸買新毛筆，我天天要、天天吵，還跟他說了許多道理，兩個星期後，爸爸終於在比賽當天，將嶄新的毛筆放在我的書包！

當天早上，我起了個大早，自信滿滿的吃完早餐，踏著穩健的步伐到學校。孰料書法比賽一開始，我就緊張到滿臉通紅。苦練書法多時的我，終於參加了書法比賽，但眼前卻碰到一個大難題——可能是前無古人、後無來者，那就是：我的新毛筆竟然無法蘸墨，筆毛整個像被膠水黏住般！

在場的老師無法幫忙，評審無奈的直搖頭，我則羞愧的無地自容，欲哭又無淚。你可能猜到了，我的毛筆沒有先用溫水泡開！但十一歲的我從未擁有過新毛筆，怎麼知道新毛筆要先「開封」呢！書法比賽用字多半是「忠孝仁愛信義和平」八個字，或是「精忠報國」四個字，但重點不是字義、筆畫、順序，也不是硯台大小或是油墨夠不夠黑，而是你必須要有一枝可以書寫的筆！

我想盡辦法用口水舔舐，但絲毫無用，只得到嘴唇沾滿墨汁的下場。不用問結果，當然是老師提早收卷，以免我浪費時間。但那努力掙扎脫困的一小時，臉紅嘴黑的我狼狽不堪，有如失帆的小船掉進波濤洶湧的漩渦，最後小船沉沒在無情現實的大海。帶著惱怒羞辱的心情，我坐在客廳等爸爸開完計程車回來。

不知道毛筆要開封的長女（手上的小黃帽為當年小學生規定要帶的帽子）

還沒等他開口詢問就先大哭，錯都在爸爸，為什麼爸爸沒幫我準備完全就讓我上場去丟臉。一堆的怒氣、一連串的怨言，爸爸就像是洩氣的老狗熊，任由我責罵、任由我哭打，連連說：「對不起」、「對不起」、「都是爸爸的錯」。

事實上，那一陣子爸爸在外開計程車又兼差打麻將，正值倒楣期輸了不少錢。他沒忘女兒的叮嚀，趕在最後一晚買好毛筆，悄悄的放進我的書包，就是要一早讓女兒將有個驚喜。那是一份禮物，即使打麻將輸錢回來，他依然想為女兒準備一份等很久的禮物，只有那麼簡單。也因為這麼一份簡單心意的禮物——一枝沒有開封的毛筆，我一輩子記得這個我們父女間的小故事。

八 遠足送綠油精

國小最期待學校每年一次的遠足。每逢這一年一度的大事，爸爸會前往台中市的西餅麵包店為我們準備西式的野餐盒，裡面有瑞士捲蛋糕、油蔥麵包、包有很多奶油椰子和葡萄乾的波羅炸彈麵包、巧克力牙膏、森永牛奶糖，再加一個爸爸特別去水果店買的美國進口五爪蘋果。和其他小朋友比起來，我爸準備的野餐盒是很稱頭的，讓我從不需要急忙蓋上野餐盒蓋，遮遮掩掩的用餐。

讀幼稚園的弟弟（和我同樣就讀海星幼稚園）

有一年爸爸忘了準備，媽媽緊急上陣，在書包裡塞了一根削皮甘蔗、一包李仔鹹乾、芒果乾、茶葉蛋兩個加上一個飯糰，附帶一壺冰水。我不是肚子不餓，也不是茶葉蛋或酸梅不好吃，而是媽媽沒有用漂亮的野餐盒裝起來，我根本不好意思打開書包。

遠足的目的地在哪裡呢？就讀天主教海星幼稚園時，神父有車，因此可以載我們去離家較遠的后里毗盧寺、豐原高爾夫球場和綠油精工廠。國小的遠足則去過豐原林場、水源地公園，若事先團體預約，到綠油精工廠附屬花園看百年大鯉魚後，每人還可以得到一小瓶綠油精。爸爸媽媽也會帶我們去遠足和野餐，我們一家人一起去過豐原高爾夫球場、通霄海水浴場、台中公園、彰化八卦山，當然也會去綠油精工廠，只不過爸媽就無法爭取到免費的小瓶綠油精了。在我的印象裡，遠足總是和「綠油精」劃上等號，因為那是我每一階段都會去的地方。

十一歲那一年的大年初一，一早隨同爸媽到縣政府看國軍弟兄的舞龍舞獅雜技表演，對我來說，這也是一個家庭的「遠足」行程。因為新春期間開計程車收入比平常日更好，客人小費也給得更多，沒看完雜技表演爸爸就回頭去開車了。而媽媽則回家補眠，因為每年的除夕夜她都堅持煮十二道菜，吃完晚飯、洗完碗後，又堅持洗完全家人當日所有的換洗衣褲。在屋外用冰水手洗、最辛勞的母親，每年除夕夜都是半夜才睡。

看完舞龍舞獅，媽媽叮囑一大堆，例如遇見熟人要叫伯伯叔叔阿姨嬸嬸好，道完新年恭喜不可收紅包，不可亂吃東西，不可花光紅包錢，諸多不可不可……我們不停的點頭保證做到，兄弟姊妹就逛豐原大街去了。吃了烤香腸、魷魚、玉米棒、燒酒螺、豬血糕、炸菱角酥，玩了薄紙撈金魚、打彈珠、投圈圈、抽「尪仔標」❶……吃喝玩樂，一應俱全。不論男女老少、貧富善惡，都能歡喜的享受過年好彩頭，玩遍琳瑯滿目的餘興節目。

廟東路小而人多，左右兩道滿是攤販。弟弟他們堅持逛右邊，我與妹妹則逛左邊，大家穿梭互換，不遺漏好玩的攤子。我一面留意弟妹的蹤影，一面讓大家手牽手以免分離。不知為何，才擠過了短短的一百公尺，牽的手卻

---

❶尪仔標（台）的玩法，是兩人（或多人）將各自所出的尪仔標疊起來，每個人輪流用自己的一張「尪仔標王牌」打（射）向那疊尪仔標，台語稱為「sen-ㄌㄞˊㄚ」。所散落的單張歸打者所有，輪到下一個人「sen」，直到打完為止。依據男孩不同年齡層、不同區域，都有不同玩法，總之講好遊戲規則就可以開始玩。每個小男孩都有自己的撇步去「養」他們的王牌，例如：先泡水，撕開上下層，再黏一層甘蔗紙板，用這樣來加厚王牌；或是用蠟燭打臘，增加滑度；也有人會將牌緣磨粗、磨鈍，增加王牌的撞擊力道。本書〈昔日玩什麼〉篇章裡提到男生玩的紙牌，就是指「尪仔標」。

少了一隻，妹妹不見了！那年她七歲，我們來回在廟東路那同一條窄巷走上九十九次，就是找不到妹妹。三個人回到家忍著哭意告訴媽媽，已經是下午四點鐘。

爸爸回家吃晚餐時知道了這個消息，立即出動阿姨、姨丈、街坊鄰居和所有認得妹妹長相的大人騎腳踏車出去尋人。那時候的警察局只接受報案，但卻是不出勤找小孩的，我們只能靠自己。一直到九點多，警局才接到消息說，發現一個小女孩穿著紅格外套蹲在綠油精工廠門外，已經哭到沒聲音，嚇得說不出話來。小時候跟學校去遠足，綠油精工廠送我們綠油精；這一次四姊弟的遠足，妹妹被找到的所在地——綠油精工廠，則給了我一個難以忘懷的生命印痕。

我和兩個弟弟被要求待在家裡，不得出外參與找人。三個手足無措的小朋友主動面壁懺悔，從下午跪到晚上十點多。屋外下著小雨，冷冰又漆黑，我們肚子很餓，中午雖然吃了廟口小吃，但早就餓了，晚餐也沒吃。我和弟弟嘴裡不說，卻同樣想著：妹妹被壞人抓去賣了，我們將永遠失去她。雖然九點多警察局來了消息，我和弟弟還是認為，爸媽將抱回妹妹冰冷的身體。

當我們害怕、顫抖，肚子又餓到不行的時候，妹妹被抱回來了，哭到沒有聲音的她，馬上被帶去洗了個熱水澡。我們仍然跪在原地，姨丈從外頭回來問情況，賞了我們姊弟各一巴掌。這是我這輩子第一次罵不還口、打不落跑的逆來順受。直到今日那一巴掌好像還印在臉上，六個跪印也似乎仍在牆邊。妹妹沙啞哭不出聲音的抽咽聲，永遠響在我的耳際。

妹妹曾經走丟三次，第一次是在附近小公園。第二次是去鄉下舅公家吃拜拜時，在田埂路走失，那回媽媽請求全村的人拿手電筒幫忙找，由於當時全省鬧鬼的故事正大肆流傳，我們都以為妹妹被鬼抓了，最後是半夜在村子角落的乾稻草堆旁找到。

綠油精工廠這次，是妹妹最後一次走丟，後來媽媽帶她去收驚好幾次，她才慢慢的願意講話、睡覺、不再做惡夢。過年後，爸媽準備好幾盒進口蘋果禮盒，裡面放有紅色金蔥保護著的美國大蘋果，送給幫忙尋找妹妹的街坊鄰居、朋友及警察局。那些禮盒花了好幾百塊，媽媽做豆腐，一個月工資才兩百六……。小學開學後，爸媽發現要付我們的學費有些困窘，但妹妹平安的回來了，這比什麼都值得！

終身「車長」

八二三砲戰雖沒有殃及台灣，阿兵哥們都心裡有數，大陸是回不成的了。大夥們進入倦兵狀態，還有利用價值、未達報廢的將官士兵們一路晉升；老弱傷殘的被勸導退伍；完全沒用的被除役。那些沒後台、沒戰功、沒文憑，卻又除不了役的該如何是好？答案是就在原地踏步轉後勤補給，白天開軍車載運大兵大米大砲、執行搬運重物等瑣事，晚上開著吉普車載著長官參加party，深夜到俱樂部接那些醉醺醺說著ABC的美軍大兵回部隊。

說起當年退役的「光榮國民」，要就業的有榮民輔導會輔導；不識字沒專長的就到學校當工友、燒開水掃地；單身無家累的就到梨山當山大王，種蘋果、梨子和高麗菜；而有一技之長的則可考慮加入有穩定收入的榮工處，開砂石車、預拌水泥車、起重機等，還可以參與建造中山高速公路、石門、曾文水庫、中橫等大型工程。

計程「車長」

在我五、六歲左右，老爸退休了。身為開坦克車的車長，他擁有許多不同駕照，卻沒有接受上述任何選項。因為要照顧四個有如蝗蟲過境般吃得多，以及像傑克的魔豆般長得快的小毛頭，他選擇用退伍津貼兩萬五千元（還不是一次領），買了一部十五年的老爺二手車，投靠車行，在台中開計程車。

父親以服役二十年退伍金買的中古計乘車，照片人物依序為妹、二弟、堂弟

在台中火車站前，有台中幫、南投幫的角頭，我爸識相的知道排班不會有他的份。六〇年代經濟不如現在富裕，有能力搭計程車的也不多，我爸的老爺車又受人鄙視，常被強扣車資，還有人車一停看司機是老芋仔，不說原因就揮手不搭了。老爸那時始終不瞭解外省人壞在哪……

那個年代台灣人常以「那些外來的」，或者「長嘴管的」、「咬橘子的」❶來嘲笑像我爸這些外省仔。說起來「唐山來的」❷還算好聽的！

在台中市區開車繞著繞著，白天常常繞到麻將桌上，晚上就跑去清泉崗美軍基地。老爸也是能吐個幾句英文的小美國通，知道哪裡半夜可以等到美國大兵的加倍小費，哪家店有漂亮美眉、哪家pub有拉霸、哪邊美元能夠換台幣等。聽起來似乎老爸也摸出了計程車經營的門道，但是卻常常賺得不夠賠賭債。

水煎包推車

之後尼克森訪毛澤東，花生米卡特❸又「親中」，接連政治局勢改變，美軍陸續離台後，老爸的計程車生意就一落千丈。開車收入不夠投靠車行費、汽車稅及加油錢，只好少換輪胎、自己換火星塞、叫小孩洗汽車，甚至自己另外訂製一輛兩輪的手推車，準備了一大口不鏽鋼煎鍋，兼差凌晨賣起

❶兩者都是暗罵對方為「豬」、「祭祀時的豬公」。

❷唐山指大陸，早期「唐山過台灣」就是描述祖先如何遷徙到台灣的奮鬥故事。

❸指美國第三十九任總統James Earl Carter, Jr.，又稱吉米．卡特。當時我們都戲稱他花生米卡特。

水煎包。

老爸的水煎包不是蓋的！人家用蝦米，他用蝦仁；人家用雲林高麗菜，他用脆甜的梨山高麗菜；人家意思意思灑些沙拉油，他則重灑精選黑芝麻油；人家的包子是媽媽拳頭小，他的是爸爸拳頭大。凌晨在豐原果菜批發市場擺攤，忙了六七小時，賺了幾十塊，人家總說「老爹，好吃！先欠著！」讓他不到兩星期生意就掛了。生意仔，難養！

賣了計程車和水煎包車，老爸買了一部十五噸大卡車，在台中港排班，載運玉米及黃豆。後來謠傳中共派遣匪諜在全省各地裝鬼嚇人、擾亂民心，❹政府遂關閉台中港抓鬼，老爸頓時失業，只好開著大卡車去梨山、雲彰一帶運載蔬果。西瓜、冬瓜、鳳梨一粒一粒搬，大白菜、番茄、蘿蔔一簍又一簍，那時候沒有手推車，更別談起重機，工作安全方面也沒有所謂的職業傷害賠償。我那在西螺西瓜田上曬得一身古銅健康的老爸，在梨山收高麗菜

❹關於台中港鬧鬼事件，長大後覺得不一定屬實。查閱資料，當時正值十大建設期間，因此我認為短暫封港應是為了港務建設。

時，從卡車上摔了下來，傷了髖骨，讓他又失業了。那時候他五十三歲，四個孩子都還在念高中或國中，回到家個個茶來伸手、飯來張口，好像也沒有人注意這受挫無數的老爸，正在煎熬他中年的危機。

宣傳電影車長

男子漢能屈能伸，傷癒後他又重操開車的舊業，但是這次多了點文藝修養。每天十小時，駕駛豐中戲院的電影車，在豐原市區大街小巷來回穿梭，頭頂上放送著「九百分貝」的電影廣告歌曲，看到電線杆、圍牆或校門口，就上去刷上一道麵粉糊貼上海報，再回到那廣告音樂大聲到讓人精神分裂的廣告車上——又不能關小聲點。開著，開著，下個柱子又到了。

開計程車、推車賣水煎包、開載滿水果的大卡車、開電影宣傳車，我這堂堂坦克車長的老爸，在時代變遷下，拋開他周氏大戶人家的出身與尊嚴，再低下職業都不棄嫌。

開了電影宣傳車後，爸爸想辦法弄到了兩張《搭錯車》的電影票——主題曲為「酒矸倘賣無」，而且是有座位的票喔！當時戲院不清場、不劃位，很多人都會連續看兩場，即使找不到位置坐，也心甘情願站著看。只要一部戲賣座，戲院內兩側及後面就是站滿滿的人，《搭錯車》就是這樣的一部戲。

我們看完戲，各自默默的掉了很多眼淚。猜想著老爸要我看這場戲，難道有特殊用意？難道他病了嗎？我怯生生的試問。「無聊！」老爸捲起電影海報賞我一棍，「走，吃冰去！」戲院外的雞蛋冰，綿密滑溜，入口即化，有著無法形容的香草、乳奶味，和似有若無的蛋香味。用小木匙挖上一口冰品嚐，就像在仲夏夜裡晚風輕拂，公主的睫毛低垂，害羞的與王子雙唇輕碰，那種淡淡的、甜甜的、清涼的感覺……

雖然是一場感人的電影，觀看時也拼命飆淚，但電影結束後，隨著一杯雞蛋冰，我的思緒又飄回哪幾天正在閱讀的愛情翻譯小說，構思起王子與公主的情節。唉！好像浪費了老爸努力得來的兩張戲票。

我的冰快化了，老爸的冰早已吃完跳上廣告車瞪著我看。不知道他正想著什麼……

麵粉教

在丹麥這個國家，想要在教堂舉行婚禮，必須要出示受洗證明，以證明我們這個東方來的小女子也是上帝的兒女。

結婚那一年是個千禧年，我已經在哥本哈根兩個月，努力用自己的方式去適應北歐的生活。在台灣的媽媽回教堂幫我申請受洗證明，發現我是在一九六五年八月，三歲那年受洗的，豐原天主堂當時也才剛建堂。過去幾年一直誤以為父母是貪圖教堂發的麵粉才接受天主教，直到日前大陸老家的夢月哥無意中提到「那個天主教的賀樓小學」，才解開我幾十年的疑惑。原來雖然豐原天主堂和教堂斜對面的基督堂同樣都發放麵粉，但因為父親在江蘇老家就讀的是天主教贊助的賀樓小學，就自然的選擇了天主教。❶

記得小時候五、六歲，媽媽會帶著我們挖蚯蚓做餌，晚上到田間水溝旁

❶爺爺周家相是個讀書人，在家鄉主持私塾教育，民初接受天主教資金援助改制為賀樓小學。

釣青蛙，那放青蛙的長筒狀布袋，就是媽媽用教堂給的麵粉棉布袋加工的。她先用鐵絲架出布袋的開口，再把布袋纏繞在竹竿上。當媽媽用蚯蚓引誘到了青蛙，我們小娃兒就得要拿「布袋竿」眼明手快的去接住那些大青蛙。當時使用的蚯蚓餌可不像魚餌叉在倒鉤上，因此手腳不夠快的話，蛙兒一感覺不對勁，馬上會吐出誘餌。另外也常常發生青蛙上鉤卻又脫逃的情況，那時兄弟姊妹就會大叫又大罵，換人操作那支重要的「布袋竿」。

媽媽幫我們每個人做了一根釣竿玩，不過還是媽媽最有耐心和判斷力，又懂得選擇釣點。釣了一水缸的青蛙，隔天就有薑絲蛙湯和三杯蛙可吃，剩下的沾麵粉油炸，又可以保存好幾天。有一次釣完青蛙回來，所有的青蛙都放在屋外的大水缸。我們興奮的又看又數，但不知道哪一個弟弟或妹妹忘記蓋好水缸蓋，隔天早上大部分的青蛙都已經跳出逃走了。不記得媽媽如何責備這一群調皮沒經驗的孩子，但那絕對不包括我！

釣青蛙加菜的日子一直延續到我讀小學。除了釣青蛙，那時我也很喜歡養蝌蚪，每天帶著小水族館上學、放學、寫作業，看著小蝌蚪先長後腿、再長前腿、又不見了尾巴……當時對青蛙生態是很有概念的！

一路從天主教回顧到釣青蛙，除了因為釣青蛙最佳工具「布袋竿」，其前身是教堂送的麵粉袋外，曾在教堂捕獲一隻「青蛙」，也是我至今無法將兩者（麵粉教、青蛙）割捨開來的有趣回憶。

你或許曾經遛狗遛鳥，但沒有聽過遛青蛙吧！記得幼時在天主堂裡，一大群小朋友在教堂草坪發現一隻好大的蛙，還動員神父和修女一起抓。我與奮的告訴神父媽媽常抓青蛙幫我們加菜，神父就把一條長麻繩或棉線綁在蛙腿上讓我帶走，蛙兒就在後頭跟著我一路跳回家。我簡直得意極了，心想這麼大一隻蛙，這一定破了我媽抓蛙的紀錄！

不料，一到家，媽媽說這是蟾蜍，吃了會長皮膚病。當時我一直不了解兩者的分別，也不想要了解，反正我就是抓回一隻好大的「青蛙」！

童年時期雖然週週上教堂，也背誦很多經文，但對教義一知半解，也不懂經文內容中的「撒迦利亞」、「哈米吉多頓」「帖撒羅尼迦」等地名和人名。畢竟當時的地理知識範圍只有豐原、台中和去過幾次的台北，對於兩千年前傳來福音的外國宗教，究竟傳到過哪些地方，根本沒概念。不過與神父

和修女的接觸，讓我許下很多希望：我想喝每天下午三點必喝的那一杯黑咖啡，我希望能擁有一枝可以寫出漂亮ABC的進口墨水鋼筆，我希望我們在家吃飯也要改用刀叉。

有天神父終於受不了可愛小女生的央求，讓我嘗了一口那杯黑咖啡。「媽呀！」那味道讓我瞇起了小眼睛——比媽媽常熬的中藥還難喝！

國小三、四年級時特別喜歡上教堂，因為我的第一個「女朋友」——也是我的同班同學，又是我的小巷鄰居——除了和我手牽手上學外，每逢週日也會跟我一起上教堂作禮拜、唱詩歌。直到有一天，她的媽媽發現她在作文中不再寫「立志當護士或老師」，而改寫「長大要當修女」，氣得立即禁止我們來往。從此之後，明明是鄰居的我們上學要各自出發，玩跳繩時永遠少了對方，也不能有任何打勾勾的約定。在我小小的心中，那是第一次的「失戀」。幸好，「小女朋友」遠離我後，長大真的如她媽媽所願成為一個護士。如今想來，非常祝福她，也覺得自己孩提時代真是天真！

三十歲之前的成年生活，我沒有自己的聖經，心中無主，腦袋瓜充滿了學歷、財富、工作等俗世的東西。直到某天我開始困惑，然後慢慢的釐清那是源於對宗教信仰的困惑。透過一對很有耐心的外籍傳教士夫婦五、六年間定期的拜訪與指導，我終於成為一個不再抗拒，並且願意接受教義的基督徒。

四十歲移居歐洲，雖然不上當地教堂做禮拜，也聽不懂丹麥語的祈禱文，但內心仍充滿對教義的感動，仍然能夠在這一個以基督教為國教的國家擁有飽滿的精神糧食。而其他外來亞洲人、阿拉伯人在歐洲常產生內心與外在的信仰衝突，也沒有發生在我身上。

幾年前，父親身體還硬朗時，有次我打了通國際電話回家，一開頭就說：「爸！感謝你帶我到教堂去受洗！」他剛開始可能覺得莫名其妙，什麼受洗不受洗？不過還耐心聽我這通電話，於是我與他分享「心中聖靈充滿」「時時祈禱，感謝造物主……」等感動的生活點滴，開始向老爸宣教。結果老爸一句「不謝老爸謝什麼天！」，竟掛了我的電話。

沒關係，他雖然不懂，這份感動與感謝，依舊存在，無法抹滅。

一張郵票，一本小說

大約十一歲左右，街坊鄰居小朋友和學校同學間，興起了集郵的活動，每天傍晚大家聚集在一起，低頭就是在欣賞討論那方寸的世界，能夠現寶的那些小朋友好不驕傲。

我永遠搞不懂那些成套的郵票，為什麼有兩角、五角、一塊、一塊二的？寄信不是貼一張郵票就好了？何以有不同面額？為什麼郵差從來不蒞臨我家？好不容易存了錢，到郵局外的郵票投幣機，吐出的為什麼永遠是壹元的中山樓圖案❶？而且只有上下有鋸齒，不像一般郵票是四邊有鋸齒。父母從來沒帶我們上過什麼公家機關、銀行、郵局什麼的，有了錢也不敢獨自走進郵局買郵票，因此我收集到的郵票永遠是投幣式的中山樓捲筒郵票。

❶民國五十九年三月二十日開始發行，在投幣式郵票機可以買到。因為每捲有一千枚，故稱「中山樓捲筒郵票」。

郵票王子的洋房

當時我們家那條巷子裡，只有一家住樓房的有錢人。女主人在台北當大班❶，男主人有肝病住療養院，只有獨子和他的兩個姊妹——也就是他們三姊弟住在豐原的這棟高級洋房。那個小獨子用的是「桃太郎」日本名，我們都叫他「桃匠」。他零用錢很多，小跟班因此不少。他一天到晚都在展示他的郵票冊，有一天還送我一張包郵票的油紙，害我以為他願意收納我當小女朋友。

那一年媽媽也兼差幫這家洋房豪宅打雜工做清潔，助手就是我囉！我很願意去幫忙，因為可以看到很多新奇的好東西，像是日本珍珠娃娃、招財貓、穿和服的娃娃以及一些畫有櫻花的扇子。他家有不同顏色的酒瓶、水晶高腳杯，都放在玻璃櫃裡。軟綿綿的沙發上放著連排的抱枕，琥珀粉紅的大理石桌上放著一個水晶菸灰缸。

❶大班就是「媽媽桑」的意思，酒家夜總會舞廳的經理人。我猜受到白先勇《金大班的最後一夜》的影響（當時有拍成電影），有些人便使用「大班」來形容這種職業。

我從來沒有機會坐在那個豪華的大沙發上，也不可以碰音響櫃、玻璃櫃，因為在我媽眼裡，什麼東西被我一碰就有可能粉碎。他們家的廚房比我家還大，客廳的磨石地面比我家鏡子還亮。臥室是日式通鋪，但一間只睡一個人。而我家呢？我們也是睡通鋪，但是沒有紙拉門。全家睡在一起，除了暖和之外，睡前要打架也不用怕找不到人。三不五時弟妹尿床，就要拿塌塌米到外面曬太陽，每家都如此，也沒有人會嘲笑。

擦地板打蠟是我的工作，媽媽對於我有沒有刷牙洗臉從來不在意（害我蛀牙好幾顆），但是那地板如果擦不乾淨、蠟不是打得「啵～亮」❷，就得再重來。樓上書房的書桌我也要擦拭，書桌上三五本集郵簿整齊的排列著。

有一天下午，我忘了自己是天主教徒，忘記讀書理訓，只想到若我有許多新郵票，小朋友們也將圍繞我身旁。永遠忘不了那一刻，慌張顫抖著手，翻開了集郵冊，取走了五六張郵票。為了故弄玄虛，還掉換很多成套郵票的

❷ 啵發「ㄅㄦ」的音，ㄦ音還要拉長，代表「非常」的意思。在我們那個年代，接吻叫作「打啵」，也是同樣的發音。

位置，自以為小少爺因此就不會發現空缺，天衣無縫。我拿走了一張雙十國慶紀念郵票，上面蔣公揮著手，背景是總統府和我們的國旗；一張清明上河圖中間一截；還有一張瓷器花瓶——心想反正郵票簿內還有這麼多花瓶。

災難的開始

時間是難捱的，不到兩星期我也趕緊把郵票拿出來獻寶，那是快樂的結束，災難的開始。雖然沒有任何人指著鼻子罵我賊，但我已主動羞愧的把自己關在屋內。那一年國小男女開始分班，老師說男女有別，男生女生不能玩在一起，從那時候開始，除了經歷少年維特的情感煩惱，我還得面對自我良心的折磨。

我上教堂告解室坦承我說謊、罵人、偷郵票，神父罰我唸天主經十遍，說天主會原諒我的罪行，但是我的煩惱和羞愧並沒有減少，因為我自認犯了嚴重的罪行。我再去告解，神父罰我背誦十次聖母經，說聖母瑪莉亞原諒我了，但我還是持續的痛苦，持續到告解室懺悔著我偷了很多張郵票的罪。某天做完彌撒，神父送我幾張用過的美國郵票。我一點也沒感激，只有萬分羞

愧。我當時以為待在告解室的神父不知道我是誰，現在他竟然送我郵票？

我不再現寶，也沒人再看過我的郵票。所有捲筒郵票、犯罪郵票和外國郵票，都被我用日曆紙包著，藏起來。我不敢去看這些收藏品，因為那是一個滴血的折磨。我受的教育告訴我日夜反省、睡前禱告說阿門後，就可以安心睡覺。然而自郵票事件後，我無法再安心睡覺，人們嘲笑的眼神我還記得。再回頭去想竊取的細節，羞辱的心痛又再次割痛我。不知為什麼，老是一次又一次的去碰觸那個割痛的創傷。那時沒聽過「自虐狂」這個名詞，後來想想這持續很多年的這種反省割痛，大概也算一種自虐吧！

重新面對自己

直到高中時期，看了《刺鳥》這本小說，那是古老傳說中的一種鳥，終其一生尋找有荊棘的樹叢，當牠找到那長刺，便一鼓作氣讓刺深深刺入心臟，了結短暫的生命，忍住最後的疼痛，唱出一生僅有一次的優美歌聲，連上帝也會傾聽。看了這部小說，故事情節倒不是重點，而是刺鳥奮力衝向那長刺的精神，忍受痛苦就為了最後的優美歌聲，解脫了我多年的羞愧。我不再割傷自己，終於願意讓上帝原諒我，也了解這是一個珍貴的教訓、痛苦的教育。

讀大學前曾在郵局中工作四年，輕而易舉的收集到跨越十五年間發行的所有郵票，但那些郵票沒有帶給我什麼快樂、啟發、道德教育。我要面對的是那些被我用日曆紙藏起來的郵票，我相信自己已有勇氣承擔過去，並且得到了諒解，我願意再度展示我的珍貴收藏，但是卻再也找不到那些被我藏起來的郵票了。

度過最辛苦的時期

大學時期是我一生中最窮苦的階段。勢利的老闆計算著工讀生薪水，說：「房租三千，加上一百個便當，這樣八千塊台幣夠了吧！」他不知道的是，現實生活中同學要聚餐，有時想看電影，近視加深要換鏡片，腳踏車車胎破了要補……。因為窮，幾次在書局裡又起了竊盜的心，若不是明確知道我沒有辦法再承受犯罪的懲罰，可能就又犯了。好多個月我把剩下的千元大鈔換成百元小鈔，一天只帶一百元出門，早餐吃饅頭，中午吃便當，晚餐吃一碗泡麵。校門口外有各種冰店，有水果攤，都是我愛的，卻沒有能力消費。

有一年台灣的愛文芒果大豐收，市場價大跌，為抑制價跌，政府大量收購肥大多汁的紅芒果往海裡倒的鏡頭，在電視畫面播出。經濟學教授就以芒果為題材，解釋供需平衡的原理，那一瞬間我終於懂得何謂資本主義：只管我家進庫銀，何顧孤兒餓病吟！純粹資本主義的社會是只求供需平衡，不理會窮人家的心理不平衡。

我身上的硬幣從來不夠買一包台東切片西瓜，更別談肥碩多汁的愛文芒果，只足夠我打一通長途電話回家。媽媽耐心聽我訴說心中的不平、飢寒交迫的窘境、一人在台北的孤獨，媽媽教我到藥房買顆能睡好覺的藥，但藥局看到我哭腫的雙眼，不願意賣藥給我。於是媽媽又教我買一罐感冒糖漿，喝了一罐一覺到天亮，明天又是美麗燦爛的一天。

結·解

婚後某年回到台灣，到巷口的 7-11 買瓶牛奶，看到店員竟然拒絕賣森永牛奶糖給一位老奶奶，我不假思索，表示願意替她付帳。當時這突來的舉動，是因為想起過去所有貧困的創痛與回憶。但事後店員表示，那老奶奶患有糖尿病，家人曾來關照，囑咐千萬不可賣糖果給奶奶。得知此事，才緩和了我激動的情緒。

現在丹麥家裡有二、三十盆蘭花，三不五時無聊逗逗那些蘭花，含苞初放的小蘭兒也很容易「受孕」。曾在住家附近花店「取了」兩顆新鮮健康的花粉——用土話講，也就是偷了兩顆鹽粒大小的蘭花花粉，回家幫小蘭花人工受精。那些花粉如細砂糖那麼小，很容易滑掉，先生小心翼翼的幫我包好帶回家，我大笑的把一個中文的順口溜翻成英文與他共享：

妻不如妾，妾不如偷，偷不如偷不著。

這句俚語的意思是，越是得不到的東西，越是痴心妄想。曾經飽受「偷」字折磨多年的自己，如今竟可以拿這個字來自嘲。現在我那小蘭兒已經「懷孕」，看著那日漸肥大的肚子，我不再有道德上的困惑，也或許是我已能領略偷竊和偷趣的分別。

如果我錯了，那就繼續修道吧！

八 看卡通、看漫畫

家裡的第一部電視——中興牌黑白電視，是媽媽含著眼淚標會買下去的。因為對面鄰居家先有了電視，我們趴在他們紗門外看，額頭、鼻子、嘴唇都印成灰黑色。有天他們不耐煩，當著媽媽的面前，把大門「轟」的一聲關上。就這樣，沒幾天後我們家也有了電視。

黑白電視的時代，只有台視與中視兩家電視台，每天節目有三、四個小時，我記得曾播出趣味影集「勞來與哈台」，還有紅葉少棒賽。那時少棒賽可是大事，沒電視的鄰居會搬來板凳，連半夜都到我們家看電視。在那個沒有搖控選台器的時代，雖然只有兩台，我們家四個孩子還是會搶著轉台，電視選台開關不堪幾隻過動的小手折磨，不久就壞了。所以媽媽又標會買了一部聲寶彩色電視，那是巷子第一台彩色電視。

從此看布袋戲時，連戲服上的五彩亮片、閃電霹靂都看得到，苦海女神龍的眼淚也都看得很清楚。有彩色電視後，印象最深刻的節目是卡通「大力水手卜派」，當主題曲唱著「喔 Pa 派地 Say Lo 沒！喔 Pa 派地 Say Lo 沒！逋逋！」❶我們都會跟著大聲唱，因為卜派一吃菠菜手臂就變得強壯，我們也願意聽父母的話多吃蔬菜。

後來有了家庭代工收入，我們的零用錢變得更多了，除了吃冰買零嘴外，多餘的錢還會租漫畫來看，印象最深的是《怪醫秦博士》和《尼羅河的女兒》，忠實的守候永遠不知道的結局。隨著賀爾蒙的影響，國三開始看卡德蘭的翻譯愛情小說。那幾年發行二、三十本小說我全看過，主角都是公爵與弱女子、伯爵與女老師、海盜與公主，劇情則不外是繼承財產、搶奪城堡，並參雜緊張刺激、謀財害命的情節——現在想起來內容都大同小異，但是當時就真的讓我無法收手，甚至在晚上媽媽熄燈睡覺後，還躲在被窩內使用手電筒繼續讀小說。媽說小說誤了我的學業，考不上女中，又沒有應屆考上大學，到今天我還是不承認這種說法。笨就是笨，程度未到，不看小說、不看電視也不見得能考上好學校。

❶英文為：I'm Popeye the Sailor Man.（我是大力水手。）

千禧年剛移民到歐洲時，見到歐洲的文物、建築、造景、氣候、食物、花草、宗教、人物及生活方式，都與亞洲是那麼的不同。過去僅能憑自己的想像力去勾畫卡德蘭描述的世界，到達歐洲、生活在歐洲後，才知道每個人都擁有追求浪漫的權利，歐洲這塊土地本身就與浪漫畫上等號，真的非常慶幸這輩子有機會來此一圓我的少女時期夢。

丈夫的媽媽——也就是我沒見過、去世很多年的婆婆——是挪威人。每年夏天，丈夫會回到挪威度假釣魚找親戚。丈夫的表弟才大我幾歲，且是同月同日生，因此有機會的話，每年還會一起過生日。表弟家有一間客人專用廁所，廁所面對奧斯陸峽灣——對了，他們的廁所別名「小房間」，一般挪威人不直接說上廁所，都是說「我要去小房間」。我要說的是，他家的「小房間」內放了幾十本收藏多年的漫畫書，雖然我只對唐老鴨及大力水手卜派有興趣，但一進小房間一待，就是一小時。他們若想揶揄你，不會講「妳掉進馬桶啦！」，而是說「妳掉進奧斯陸峽灣啊？」。那時我就會回答：「是啊！我在奧斯陸峽灣回憶幼年時看的卡通。」

前幾年看到電視報導《尼羅河的女兒》原作者細川智榮子來台舉辦粉絲

簽名會，我才驚覺這部作品作者是日本人，對我真的是很 shock，因為她畫的是歐洲的人物與故事，更難以相信的是原作者年紀已經這麼老。我一直停留在漫畫劇情裡，以為漫畫裡的歲月，以及畫漫畫作者的青春，都會永遠停頓在美麗的一刻。

我猜大陸古裝電視劇《步步驚心》的作者搞不好也是《尼羅河的女兒》的粉絲，我沒有暗指抄襲的意思，但這兩部作品佈局的確是一樣的，都是現代女主角穿越時空，跑去與古代帝王約會。我在看《步步驚心》的結局時流了好多淚，但這總比《尼羅河的女兒》漫畫好，足足讓我等了三十年還是不知道結局，導致我在成長過程中，總覺得就是有件事懸著沒辦完。也不知是細川智榮子故弄玄虛，還是我孤陋寡聞，沒與漫畫書店保持聯繫！

高二的一張照片

十八歲自豐原高中畢業，直到二十二歲才再去讀大學，中間四年是我人生中輟、接軌不順的階段。那段期間跑去不是我該待的地方——潭子郵局工讀四年。當時對於未能應屆就讀大學深感痛苦，但今日想來那是我人生稍作停頓、短暫休息，再作衝刺的時期，實是無妨。

婚前舊照片沒帶去歐洲，僅在回台時，心有所思，或想起哪個老朋友卻找不到連絡電話時，才會拿出相本，安慰自己看看照片也好。不可思議，從十八歲到婚前我擁有二十八本照片簿，共約九百張照片，比起高中三年才留下兩張照片，我的青年時期實在充滿趣味。移民歐洲後拍了幾千張電子檔虛擬照片，若電腦有個意外將一切變成零，某個角度來看，我有實體九百張照片，的確很富有！

二十八本照片簿中，大學生活照八本，大陸探親及大陸旅遊照六本，郵局工讀期間三本，東南亞旅遊六本，其他五本。在「唯二」兩張高中時代的相片中，拿起一張高二同學的大合照，腦中浮現一則青澀的故事。

民國六十七年，我就讀豐原高中二年級，自然組，二年九班，男女合班。這是當時唯一的男女合班，因為其他女生班分完，多餘的十位女生無法成為一個班，男生也是，因此便與三十五位流口水的美少年湊成一班。我們這個班在男女學生樓層還是分開（男女班教室在不同樓層的另一考量，可能是比較方便掃廁所吧！）的年代，算是當時一大創舉。走在時代尖端的我們，每日升旗典禮的隊伍行進時，不知羨煞多少隔壁班的同學。

我們這個樓層全是純男生班級，走在男生窩中，要避免額外的碰觸，要表現有禮的肢體語言，分寸的拿捏要自己摸索。但說實話，下課只有十分鐘要跑到隔壁棟女生廁所，真的很遠。但還是有女生同學喜歡跑很遠的挑戰，因為穿越男人牆也可說是一種遊戲，會讓十七歲女生帶著未知的憧憬小鹿亂撞。不過那時我胖胖的，比較自卑，躲都來不及了，對這個遊戲沒多大興趣。

講到男女合班的照片，我的重點，是憶起照片中某個人。他是二年九班班長。班長有副俊挺的鼻梁，也有深邃不可測的眼神，聲音雄壯低沉，也可能是後台很硬，總之他被選為每日早晚全校升旗降旗典禮的司儀，就站在校長旁，全校聽令於他：「立正」、「稍息」、「敬禮」、「唱國歌」、「禮畢」……。他總是高高在上，君臨全校師生，但他絕對不知同班中有位女同學對他產生景仰，更因此有了單戀的情愫。

在現代一切都速食化，要就來，不爽拉倒，或許比較沒有單戀的困擾。但我們那個保守時代啊！單戀的感覺就如一隻小蝸牛，躲在自己的蝸牛殼裡，慢慢爬呀慢慢爬，小蝸牛試著了解這是成長的一部分痛苦歷程，小蝸牛又一點一點伸出觸角，去探探對方的心思，假如對方眼神正好碰著小蝸牛，趕緊收起觸角，收起身軀，鑽進蝸殼，絕不讓對方發現小蝸牛的偷窺，一切無聲無息、沒有表示、沒有動作，這就是小蝸牛的單戀。

六十七年十月舉辦校慶運動會，當時爸爸在豐原蔬果市場開大卡車，每天都可拿到幾十個自然熟成迸裂、賣不出去的西瓜，讓媽媽拿來餵雞。其實這些西瓜只是賣相不好，可甜的很！因此我請爸爸幫我在其中挑些還不至於難看的，請同學吃。我忘了當初有沒有事先跟老師報備，總之交代開卡車的爸爸，在運動會當天，送三個大西瓜到學校校門口警衛室來。

記得當天中午時段，警衛室廣播：「二年九班班長馬上到警衛室來！」「二年九班班長馬上到警衛室來！」我知道我安排的大西瓜到了。運動會結束，全班拍照留念，我的大西瓜也入鏡，記憶中還有全班同學搶吃西瓜的畫面，至於運動會有沒有任何人得到獎盃、獎牌，相對就不重要了。

吃西瓜時，班長跑來找我聊天：「你爸是外省人啊？」「那妳籍貫是哪裡？」「……」忘記他還問了些什麼，總之我感覺到他想表達我們是同一國的。但害羞又緊張的我，只能一面隱藏我顫抖的雙腳，一面支支吾吾的轉移這個我最不想面對的話題。聊沒幾句，對話就呈現空白，他摸摸鼻子無趣離開，我內心卻怒吼著：「對啦！你是金門來的，你是功勳子女，你是純番薯，我是芋仔番薯，我爸是開卡車的……」於是，小蝸牛的單戀就這樣結束了。

從那天起，我故意閃避老爸，早上提前在六點三十分出門上學，晚上刻意參加學校晚自習，二十一點四十分才回到家。高二上，距離聯考大約還有六百二十天，過一天扣一天，直到有一天老爸突然發現很久沒碰到我，很久沒給我零用錢吃飯買冰，而我竟也緊縮胃、餓肚子撐了兩星期。與老爸

賭氣，是氣他為什麼送西瓜這麼簡單的事，他要留在警衛室這麼久，搞得經過的老師同學都知道我是他女兒，跟學校工友聊天不打緊，他又為什麼又跟二年九班班長聊天！

寫下這篇坦白的文章，不怕班長讀到，起碼要他花兩三百元買我的書。不怕老爸生我的氣，因為老爸從不生我的氣；但我的確是怕「媽媽失望」，媽媽嫁阿兵哥可是一連串心酸的故事，卻曾被不懂事的孩子嫌棄這樣的家庭出身。不過，這些都過去了，如今，我是那樣以父親為傲啊！

豐原高中二年九班與老爸送來的西瓜合照

老爸的家訓

爸爸媽媽的教育程度雖不算高，以那個時代背景來說已經不差了。媽媽在日本殖民時期小學畢業，擁有很不錯的書寫與算術能力，能標會、抄寫大家樂、家庭記帳、看電視速記白冰冰食譜，算是一個全方位的母親。爸爸在抗日期間畢業於徐州中學，雖參加戰車營服役二十年，並不是大老粗一個，平時書報雜誌不離手，也能談天論地講時事。他最愛的是《孫子兵法》、《三國演義》，不過這位戰車營車長用計、謀略的對象只有我們四個孩子。他講話常只講一半，故弄玄虛，媽媽也常回應說，命如果沒長一點，等不到下半句。

父親給我們最大的影響，是一句「吃虧就是佔便宜」的家訓。這句話在我們姊弟身上都烙有不同形式的影響。不過這條家訓，過與不及的拿捏不易平衡。小時候，爸爸是以體罰的方式，讓我們徹底認識這條家訓。媽媽也會體罰，不過媽媽心中的哲學，又是另一套了！

吃塑膠管的童年

在家裡兄弟姊妹之間雖會打架，但一出門和鄰居打群架，不在乎原因，我家四口團結就是力量，一定合力還擊。然而不管輸贏，回到家絕對還要狠狠的吃一頓塑膠管，小腿上烙著紅色或紫色的抽痕，明著就是要給老師知道、讓同學笑我們在家又被修理。這是老媽的哲學，要讓別人知道我們家教好、父母絕不偏袒自家孩子。其實老媽一邊打，老爸同時張開雙手護著孩子，以致常常上演老爸被媽媽打到的鬧劇。

其實隔壁家阿志、阿標更慘，常常照三餐吃雞毛撢子、吃水管。倒不是因為他們家教嚴，而是別人打小報告多，告他們說謊、偷東西、打人、吐口水又講髒話。

在學校，老師也用雞毛撢子體罰同學，這並不需要得到家長授權，因為他得到的授權層級更高——國家。在體罰這事上我沒有得到後遺症，因為在那個時代「打是疼、罵是愛」，就有如西部牛仔馴服一匹心愛的野馬，必須日夜操勞，修理牠、制服牠，最後安慰牠，馬終必為你所騎，人馬合而為一，同進同出。我們的家庭與學校教育曾經歷類似的階段，用意是把我們的野蠻無理的脾氣修剪掉。

國二時某一夏日放學，與同學手勾著手走回家，不知爸爸正好從圓環路口公車下車，一路跟在我後頭。我剛踩進家門，還來不及意識到（當然也來不及逃），水管就已經各抽在我小腿兩下。爸還問痛不痛？不痛再補兩抽！他要求我從門口走到廚房，自己想想為什麼會吃這一頓棍。我丈二金剛摸不著腦袋，他就從廚房很誇張的走回門口，又重複了一次，腳步像企鵝一樣，呈現外八字。「這就是你的走路姿勢！一個女生走這樣能看嗎？」因為我爸的特別教育，現在我的腳步走得很穩、很輕，雙臂也不輕浮亂甩。有時走在路上看著行人，或坐在露天咖啡廳看著過客，我特別會注意到仕女的走路方式，回憶並感激父親的指正。

吃虧過頭

吃虧也有吃過頭的時候。以前買了一套百科全書，同學借了一本沒還，這事被老爸罵了二十年。還有一次大年初三騎摩托車騎得好好的，還哼著歌，一部汽車莫名其妙從後面撞上來，我倒地後被黃色雨衣蓋住視線，腦中馬上浮現車輪胎從頭上輾過的畫面。不過時候未到，黃泉柏油路還沒施工，路人幫忙扶起我和摩托車，又記下汽車車牌。誰知那駕駛一下了他的黑色汽車，就對我使出凶狠臉色，我這從小家教甚嚴的長女，被突如其來的撞擊和凶神惡煞的肇事者嚇得口吃，連聲道歉。真是莫名其妙，被撞倒在地的小女子我居然還向壯漢賠不是。

回到家後，家人有的去打麻將，有的去走春，反正就是沒有人在家。後來去醫院折騰了三小時，又挨了一頓罵，X光片洗出來，肩胛骨斷成三截，父親考慮了兩天，笑一笑，摸摸他的大光頭說，算了吧！撞了都撞了！下一句又是老套：「吃虧就是佔便宜！」

那一次車禍馬上脫口向人道歉的行為，大大震撼了我自己。當時已經二十一歲，卻還不懂得自衛，太過懦弱，竟然原諒車禍肇事者，坦然接受肩骨一輩子的風濕疼痛。我不斷思考自己下意識的不當反應，終於找到答案——我太缺乏自信心了。這不是因為太矮太醜，不是因為沒錢沒積蓄，不是因為工作出紕漏，也不是因為交不到男朋友。自從高中畢業到郵局工讀，我看不出自己的長處，找不出自己的性向，摸不著自己的未來，甚至否定自己的存在，痛苦的混了四年，直到一場車禍讓我驚醒。這種思考邏輯是無法和父母溝通的，他們聽不懂什麼是自信心，也不瞭解我在自信心方面的「得」與「失」。

中庸之道

那一次的車禍給我一個價值觀重建的機會，是我人生的轉捩點。沒有什麼是太晚的，我又重新回到學校，相信那裡能找回自信。校園裡有各種場合與機會磨練自我，在圖書館、在演講廳、在舞台上、在經典文學名著中、在小組討論、在熬夜中、在餓著肚子中，經歷生病、沮喪、哭泣，自信心終於一點一滴的找回。學歷文憑和公司加薪都只是外在的加持，自我的肯定才是真正的靈糧。終於，我能持守「吃虧就是佔便宜」的家訓，也能不犧牲自尊。

三十歲時，我的生活心態是默默的把本分工作做好，期待明日早起，期待下一個新產品，期待另一個新見識，不汲汲營營於世俗物欲，不好奇涉足五光十色的夜店。記得有個晚上，我十二點騎車回家，被路上警察攔下臨

檢，「喔！剛游完泳回來！」我的答案在附近夜店閃爍的霓虹燈下，顯得很不相稱，但在那個炎熱的夏天，為了省冷氣電費，許多年輕人一下班便待在俱樂部運動直到午夜，這也沒什麼。我以坦然的態度應對他懷疑的眼神，不卑不亢，我不再下意識的看到警察伯伯就說「對不起！」，我慢慢找回我需要的自信心。

四十歲左右，我的生活心態還是不變，把分內工作做好，但是增加了散步的時間、種菜的空間，保持著廚房窗台前隨時有一盆綻放的花朵，或色彩繽紛的盆栽。我的夢想不是去埃及，也不是買美鑽，而是出一本食譜和一本北歐風情彩繪。食譜還沒著手，心情卻很輕鬆，因為我能自我設定目標，肯定夢想，最後成不成功都無所謂。

結婚後，最重要的拉呱❶對象就是我的妹妹。對於很多娘家、婆家的瑣事，我們會剩菜換新盤，互相安慰，換個角度看事情，不讓剩菜餿水引起家庭糾紛，以現代人的名詞或許就是「包裝哲學」。但我們也沒那麼神聖，偶

❶拉呱在大陸是「聊天」的意思。

爾會說一些尖酸刻薄的批評或閒話，上罵美國總統，下罵雷曼兄弟，再罵台灣的政治經濟；左說對面那家一籠雞只會跳不會叫，右說後鄰那一頭狗跑得比飛得還快；再罵火星文、卡奴、詐騙、十八趴等氾濫的「愛台灣啦！」口號。

「老妹！罵完了沒！」一開講完就要做到不惹事生非了。妹妹的民主修養真的是達到歐美的程度，說停就停。她忠於信仰，對於外人的批評挑釁也只是摸摸鼻子、拍拍屁股走人，不與人一般見識，這不就是民主素養嗎？過去禁言的時代，遇事就先說對不起，到今日參與批評開講，把握不臉紅脖子粗的原則，不生事端，這其實就是她實踐家訓「吃虧就是佔便宜」的成果。

八 一個交代，萬個感謝

幾天前就與老公約定，今天一定要進森林去採鮑魚菇，順便撿些松果枯木作聖誕飾品，否則週末一到，我的祕密農場又要被那些不懂事、淘氣、搗蛋的丹麥小鬼踩踏破壞。每每看到草菇松果被踩得一塌糊塗，難免心疼，但又能怎麼辦？嘴上雖還是碎唸個兩三句，結果還不是彎下腰，拾起地上枯幹旁散落的殘菇敗柄，作為未來半年的佐料食糧。

這條森林採菇路，有老爸踩過的腳印。那一年安排爸媽來一趟丹麥，其實是一個交代，心裡明白日子不多了。老爸的腿有一些瘸，老爸對於我遠嫁的選擇有些迷惑，對撥打國際電話總是不安，老爸對於洋女婿仍是陌生，不知該把對女兒的思念放在「安心籃」或「掛心籃」。

半推半就半強迫，婚後的第二年暑假，小學畢業的小姪子領著阿公阿嬤，勇敢地飛到哥本哈根來探親。夫婿也安排密集的旅遊活動、景點參觀。十幾年過去了，那些博物館、城堡、教堂、旅遊勝地，雖然老爸都任憑安排的留下足跡以及攝影鏡頭，但不知為什麼，即使舊地重遊，就是抓不住老爸的身影。回頭再瀏覽過去的照片，那些片段依舊生冷，不像是經歷過，以致於好久好久都不願去翻閱那些照片。

然而當我開始書寫，憑藉一些秒讀的記憶，老爸躺在玫瑰樹叢旁做日光浴，老爸躲在菜園剪腳指甲，老爸一大早五點鐘就起床煮稀飯，老爸喝茶很努力地不出聲音，老爸笨拙的「對付」那一對刀叉，老爸靜默著看著火爐殘炭，老爸趴在窗台等著看狐狸……

這幾幕映像生龍活現起來，對於老爸的回憶終於不再受到那 4×6 框框的限制。十二歲的姪子發現森林的入口處有些零零落落的灰色掉毛，興奮的要衝進去探險。警告式的交代他在森林不要亂跑，等等阿公，阿公走得比較慢，阿公是個宅男，他平日在家只掌管兩根筷子一支遙控器，要阿公出門、運動、買菜是不可能的事。所以等等念念有詞的阿公，他老了，他走不動，森林路都分不清楚，一堆幹嘛強迫他出來的怨言。

一沒留意，小姪子已經消失一會兒，下一瞬間，一個小黑鬼秒殺逃出，抱住阿嬤，連喊救命的下意識都忘了，小鬼臉色慘白，嘴唇微顫。跟在他後頭是一霎眼蹬彈兩次就消失在森林的母鹿。原來我們這個台灣來的小黑鬼，無意中目擊狐狸追鹿，他則被雄壯的鹿嚇壞，過了好一下才鎮定。小姪子接著反過頭來開始問，那堆獸毛是不是北極熊打鬥遺留的脫毛？如今姪子都當兵了，我都還沒告訴他，那些灰灰白白獸毛是鄰居到森林遛狗刷毛留下的紀念物！

這條森林的採菇路，老爸跟著我探頭尋找剛冒芽的菇菌，以及野菜、野果，老爸跟著我目光搜尋水塘上吃漂浮物的鴛鴦，老爸他自己也發現丹麥竟然有蜻蜓及青蛙！進森林一個多小時，大家外套都脫了，享受丹麥人所謂「七月天」最健康的日光浴，老爸以他昏花的雙眼重新認識女兒落腳的國度，他深吸這邊清新有氧的空氣，再徐徐呼出。在父親身邊的我，彷彿聞到小時候在爸爸背上聞到的汗味。他坐在倒下的樹幹上，順手摘個小枝枒當牙籤，他隨手撥弄雜草、撿拾小孩亂丟的小玩具，他用自己的步調與這座西方的森林共處。

感謝老爸你願意跟我來散步，好讓我找得到你踩過的足跡，好讓我還可以去抓取你的氣息，好讓我在你曾停頓的那一棵樹下，靜聽樹杉沙沙的風聲。

三歲的小飛飛正與鴻奶奶大合唱「我家前面有小河，後面有山坡，山坡上面野花多……」❶我的思緒飄至遙遠的回憶，小時候在小河抓魚抓泥鰍，那時候小河旁是否有山坡？心中沒有那個畫面，當時對於「山坡」也是一知半解。但現在我家旁邊有森林，我常常去採拾足跡，也踩著昔日我爸的足跡。

感謝老爸你願意來一趟我下嫁的地方，那原本是一個交代，但卻帶給我一輩子萬個回憶及感謝。

---

❶小飛飛是大誌雜誌社北歐特派記者陳佳蓓的兒子，是一個天真可愛、會講多國語言的台法混血兒。因緣際會住在我哥本哈根的華人好友——陸鴻姐家樓上。鴻姐是飛飛最親的奶奶輩人物，小飛飛叫她鴻奶奶。我有空就去找鴻姐聊天，也常特意烘培丹麥奶酥給小飛飛吃。

與老爸有約

我的老爸以前是個普普通通的台灣老芋仔。論開講，他是對藍綠橘都有意見的評論者；論禮數他很重視紅包白帖；論住居他很謙卑的與街坊鄰居和睦相處；但是與兒子、女婿、牌友談論麻將技巧，他又是個老滑頭，只認贏不認輸！與兒女融資借貸，分不可缺、文不可少，頭腦精光，騙他不倒。

不記得何時，老爸爽朗的個性消失了。說話反覆不定，太會吹毛求疵，情緒起伏不平，舊帳新算，在乎小錢忘了大錢，開始有心臟病也多了疑心病。他藏存款簿在枕頭下，藏現金在坐墊下，藏金戒子在襪子裡，甚至把台胞證藏在廁所衛生紙盒下，他藏健保卡則每次位置都不一樣。不管藏多少東西，每當他找不到時，我們都必須要幫忙找。什麼都可以沒找著，但如找不到那台胞證，老爸立刻急得變成「老芋怪」，怪東又怪西，或是變成會哭的老怪怪。

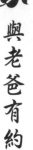

回老家的願望

老芋仔在家的最後一年，蛻變成一個聽話的老呆子，這麼稱呼我的老爸，在外人眼裡或許很不可思議也很不孝。但諸多鄰居、親朋、好友，鮮少有人留意到我老爸——那個外省老芋仔正在多麼快速的萎縮凋零。沒人搞得清楚老爸究竟吃藥了沒，或是他正在一口氣吃完當天所有的藥。

四個孩子的名字都是老爸自個兒取的，如今他卻叫得顛三倒四。白天呼呼大睡的他，晚上則不讓電話休息，忙著四處叫大家起床。老呆子開始作很多夢，睡醒了搞不清楚人是在台灣還是在大陸，睡醒了看到客廳的燈亮以為是白天。我們把老爸的存款簿都收起來，告訴他不要接那些詐騙電話，結果我們打去的電話，響他兩百響，老呆子也不肯接，電話鈴聲變成是對他的折磨。老呆子只不過走到巷口倒個垃圾，就找不到回家的路。弟弟綁了一條布帶在他腰上，寫上聯絡電話號碼，老呆子拿來纏綁行李，準備明早搭飛機回老家。

老爸在家的最後一年，媽停了訂報，畫眉鳥連鳥帶籠送了人，三不五時弟弟騎摩托車偷偷過來站在他睡房外，聽到打呼的響聲，確定老呆子今晚沒

提著包包去搭飛機。那些「三不五時」都發生在凌晨三點、五點，因為老爸老是在凌晨作夢，睡醒就準備要去搭飛機了。老呆子什麼都不在意了，失去喜怒哀樂，失去所有物質欲和價值觀，百般依賴聽媽媽的話，等著媽媽再帶他一次回老家。

老呆子有兩個家，家在台灣，老家在大陸，老呆子老了就想回老家。老呆子漸漸失去語言能力，乾脆放棄講話，但是他背起打好結的包袱，就是堅持想回老家。老媽媽陪著上街，兩人走著走著，走累了，把老呆子騙回家睡覺。老媽老來得子，得了一個老兒子，她認命的接受這是人生的過程，換來兩老相偎相守、日夜不離不棄。二十四小時當作四十八個鐘點用，老媽可以一整下午的時間幫老爸爸打理門面，刮鬍子、修鼻毛，累了老爸準備小憩一小時，卻打呼兩小時。醒了拿把牙刷給他，他也願意乖乖坐著慢慢刷，隨便刷，刷他半小時也沒關係，反正時間很多。

老爸退化到四、五歲的智力，需要媽媽餵飯喝湯，一口一口餵，時間不急，有的是一輩子的時間。老爸很聽話，他是媽媽的老寶貝。但是他拿起打好結的包袱，就是堅持想回老家。你知道的，老呆子有兩個家。

父母在不遠遊

每每憶起老爸已屆終點站的那段時光，妹妹總是不勝欷噓。父親過世前曾有一次中風，那天她正好在外參加進香團，在遊覽車上接到此消息，恨不得立刻插翅飛到父親身邊。事後她相當自責，怎麼剛好這天去進香呢！

二〇〇六年三月十一日，妹妹帶著四個孩子前往台北國家戲劇院看《歌劇魅影》。送孩子進劇院後，她本想找個地方歇息、喝杯熱茶，結果椅子都還沒坐熱，就接到父親的病危通知。身為大姊的我在電話那頭催促她放下孩子，速速回豐原見父親最後一面。然而「台北—豐原」非一時三刻可抵達，妹妹就這樣錯過了與父親說再見！那三個月，妹妹有兩次刻骨銘心的錯過，這份牽掛一直在她心中，無法忘懷，孔老夫子所說的「父母在不遠遊」，竟是在親身經歷、如撞擊般的傷痛後，才真切體會到。

父女的約定

那一年辦完老爸的大事，繼續待在台灣，約莫二十天後，先生與南非來的 Peter 也先後依約抵台。一天下午，我們待在玻璃冷氣房的會議室，被一連串無法破解的電腦指令搞得焦頭爛額。甩下丈夫與那些工程師，Peter 邀我到樓下喝咖啡。認識五、六年的 Peter 已經是私事、公事，甚至國家大事都可不用打草稿、恣意暢談的朋友。

Peter 問我爸爸是基督徒嗎？

「以前是不是基督徒我不確定，但我確定他現在也『阿門』了。」

我幫老爸叩門，祂（上帝）必回應。❶我簡略的敘述老爸八十歲生日當天，利用老爸短暫清醒的片刻，徵得他的同意，馬上拿出包包中的《新約聖經》，腦中臨時閃出約翰在約旦河為耶穌受洗的畫面，輕易地翻到〈約翰福音〉第一章三十三節，先祈禱請求上帝的允許，再代約翰為老爸受洗。

老爸的手按在聖經上，隨著三十三節步驟，以杯水充當聖水，在老爸額頭上象徵性點了一下，還沒完成受洗儀式，老爸已經呼呼大睡。我心裡有數，這是最後的日子。在聖經的最後一頁，我寫下父親的聖名為「約伯」，將來上帝引領的日子，好讓上帝知道父親的基督聖名叫「約伯」，那本跟了

❶〈路加福音〉第十一章九至十三節。

我二十年的聖經，後來也跟著老爸一起走。

Peter 靜靜地聽我一字一句述說。

我自作主張，當時媽媽還不是佛教徒，而老爸又沒宗教信仰，我確認上帝的終極國度是個好地方，因此為他受洗。

小時候父親帶我上教堂或許是隨便玩玩，或許是受不了傳教士、神父、修女的關說，但是我選擇父親八十歲生日這天受洗，是我倆父女的約定，我們共同約定一個相知的國度，我們有許許多多未完成的話題可繼續爭辯，以及我們有許多事情要一起完成。皮沒削乾淨的蘋果，我們共同啃完；沒寫完的作業，爸爸會在旁邊盯著我寫；要參加書法比賽，爸爸會幫我買新毛筆——這次會記得先用溫水泡開；被摩托車撞傷了腿，爸爸會騎腳踏車送我上學；餓肚子了，老爸會馬上去炒一盤拿手蛋炒飯。

為了我，爸爸什麼都願意做……這一生，老爸已經為我做那麼多，老爸從來不要求我讀書要第一名，不要求我上學要早到，不盯著我快快去交個男朋友好嫁人，更不用說逼我做飯洗衣打掃。爸爸只拜託我幫他抓背，他開完計程車回到家要抓抓背；他夏日拖了一卡車高麗菜，滿身的汗臭回來，我還來不及躲開也要抓背；他打麻將贏錢回來，分紅完，當然還是要幫老爸抓背；他稍有年紀開廣告車，遇到冬天大寒流，貼海報紙而手冷腳麻，回到家累了，我也是要幫爸爸抓背；爸爸老了當守衛，夾克一脫，架式擺出來，我就去幫爸爸抓背……

告訴Peter我與老爸的約定，我會繼續地幫老爸抓背，我願繼續幫老爸抓背，因為那是我最熟悉的語言，從小就做的小事。小時候喜歡站在老爸背後，既是抓背又同時向他撒嬌，喜歡聽他講外面世界的故事，喜歡幫爸爸算零錢（計乘車的零錢盒）。站在老爸背後能聞到父親的氣息，能聽到父親滿足的舒服嘆息，能看到父親的小平頭，雖然總是黑的變少，灰的變多，但能感受到父女連心的真切。

Peter，一個一米九高的大男人，滿心歡喜的聆聽，也感動的緊抓著我的肩膀，眼淚懸在眼眶，只差沒說出口我是個好女人，是個好女兒。是的，我是父親的好女兒，老爸也常常這麼說！

那是我們的約定！我們的約定！

周家寫真

八 四張小嘴巴

我在清泉崗十三寮的眷村出生，清泉崗是因為蔣緯國要紀念在徐蚌會戰陣亡的邱清泉而命名，十三寮則是源自於日軍侵略東亞第十三航空大隊時的附設醫院。那時我還太小，對眷村生活沒有任何的記憶，只記得搬離那兒時，爸爸開著軍車把媽媽及大弟弟都載走了，我以為他忘了把我也「搬走」而嚎啕大哭。（其實我坐在姨丈的吉普車跟在後面，但是我腦中並沒有這段記憶。）

從眷村豬寮到磚造豬寮

爸媽結婚後住進十三寮一個租來不到六坪大、用木板搭建的兵仔寮——講白一點，這間原先是眷村裡的豬仔寮。婚後兩個孩子陸續呱呱墜地，媽媽不再去理髮店工作。帶小孩之外，她會去上眷村媽媽教堂，沒學到中國刺繡，倒是學會和那些外省婆子摸牌九、抓九支仔（四色牌）；沒學會說國語，倒學會和她們打架。由於媽媽是道道地地的本省孩子，為了搬離那「聽攏嘸」的外省部落，媽媽賣了草屯鎮阿公留下的木材店，得了台幣一萬六千元，在豐原警察總局後面買了一窟磚造豬寮，連同菜園有九十坪大。就這樣，我們離開了眷村豬寮。

父親及弟兄們合力將這座「豬寮」拼湊改建成一戶獨立平房。當時父親一個月的薪餉才兩百塊台幣，不夠養家糊口。第三、第四個孩子相繼出生，媽媽不再是千金少婦，不到三十歲的年紀，背上揹一個娃兒，田埂旁丟三個，上山下田出外幫工，種葡萄採楊桃，割稻砍甘蔗。家門口一小片菜園種滿各種蔬菜，使用天然糞肥來灌溉。我曾經差點掉進那露天糞肥池，要不是使出超乎五歲年紀的求救音量，恐怕我小小年紀就死相難看。長大後一直在想，如果當時上新聞了，標題應該是「省錢自蓋糞肥池，智勇毋救五歲娃」。

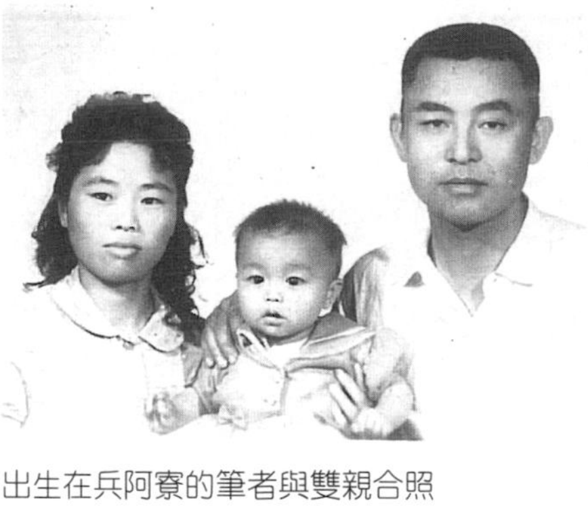

出生在兵阿寮的筆者與雙親合照

除了施肥，我還得幫忙煮飯。那時候用的是露天煤爐，燒的是多孔煤球或焦炭，我與大弟弟負責看著火，張大小嘴吹啊吹，把煙吹到另一個方向以免嗆到掌廚的媽媽。煮完飯殘留在鍋底的鍋巴，就是我姊弟的獎品。那米飯如有加番薯絲，焦黃的鍋巴就更香了。媽媽會幫我們捏成飯糰，裡面包黑砂糖，這種口味是買不到的。

長姐眼中的小弟妹

記得爸爸有次從部隊返家，帶回一隻 size 比我還大的木馬，那是一隻進口木馬，踏板是黑色，馬身是白色的，馬鬃則是紅色滾黑邊，鞍部可以坐兩個小盟友，還有著奇特的藍眼珠眼睛和很長的睫毛。因為當時我已經能寫出自己的名字，爸爸送了那隻木馬給我作為獎賞；也或許因為我是老大，是老爸第一個會寫字的孩子，後來弟妹們學會寫自己名字那天，可沒聽說有任何獎賞。

妹妹與么弟都是在家裡請產婆生的。那時爸爸在新竹湖口服役，長時間不在家，還好同住豐原的姨丈，一天三趟巡視留意，及時把產婆請來，否則難產就要把媽媽給買單了。聽媽說，以前日子苦，做月子也沒有麻油雞酒吃，產後隔天還得立即上菜園除草灑水，否則青菜就要乾死了。

妹妹是老三，在我最初的記憶中，覺得這個女娃子什麼都不會就只會哭，因此帶頭叫她愛哭鬼。我那第二個弟弟最小，常被放在竹籃裡，吊在木樑上。媽媽交代我小弟醒了要叫她一聲。我沒事就去推一下竹籃，讓小嬰兒保持在暈船狀態，比較不會哭鬧。他長大一點以後特愛跟班，因此得到「跟屁蟲」的封號。

媽說過好幾次，這個「顛倒頭生」的么兒，要麼有著大富大貴的一生，要麼給我們家帶來災難。這麼說的原因是臨盆前媽媽夢到一隻蛟龍來探，搞不清這是吉兆或是凶兆。我們這一世代在家族排名為「夢」❶字輩，因此爸爸用這個特殊的夢，為小弟取了一個富有意義的名字。後來證明爸媽有先見之明，小弟幾十年來的確像「龍」一樣呼風喚雨，為家裡帶來災難不斷。近年家裡已是民窮財盡，沒有多餘雨水讓他再興風作浪了。他現在 Skype 的小

❶周家家譜的輩分排序字為：關友候月玉，晨洪震家昇。夢祥征衍慶，寶善克培宗。

名為「削梨子（台）」，他自虧「爛梨子還裝蘋果，削掉啦！（台）」現在他比較不那麼「膨風」❷，不過還是和他保持距離比較安全。

豬哥窟的難忘水戰

我們也住過鴨母寮豬哥窟❸，這是我的第三個家。媽賣了郊區舊房子後，買了比較靠近豐原市區——也就是合作新村的房子，但是無法如期搬進，所以中間曾經暫租一個小房子，就位於當時豐原鼎鼎有名的「鴨母寮豬哥窟」。這個區域就如其名養很多豬，早晚餵食時間可以聽到公豬、母豬爭食尖叫的聲音。飼主每天一次清洗豬寮時，百里內都可以聞到濃濃米田共的屎味，那又多半發生在下午四、五點，鄰家阿姨媽媽開始準備晚餐的時刻，陣陣滷肉香撲鼻，伴隨著那相反的味道，讓我一邊想吐一邊肚子咕嚕叫。

❷吹牛、說大話的意思。

❸當時在豐原只要一說起「鴨母寮豬哥窟」，大家都知道在哪裡。那兒現今是中華大學豐原分校現址。

不到十坪大的小房子其實原先也是養豬寮（唉！我的童年真的是離不開豬寮，應該考慮筆名叫「嘓嘓」），全家大小擠在裡面打通舖。內牆四周❹都有排糞溝，通到屋外一個磚塊大的排糞孔。記得颱風季下大雨時，外面的排水溝都漲滿了水，汙水從角落的排水孔倒灌進來。小朋友們把抗水當作一件大事，爭相搶拿大掃把奮勇把水掃出去。因為這種有趣的玩水經驗，之後我們全家小朋友都喜歡玩「與水戰鬥」的遊戲，趁下雨時把能盛水的洗澡盆、大鍋子、小臉盆全放在屋外，穿上雨衣雨鞋，撐起雨傘，四個小孩從屋外打雨水戰鬥仗到屋內，打累了雨還是下不停，我和大弟弟兩人合力捧起滿是雨水的臉盆，用力潑到弟弟妹妹身上，強勁的水流如同在瀑布下沖澡，現在回想起來，還是覺得很刺激好玩。

住在豬哥窟附近的小孩都很壞，臉上多半有著雙管黃鼻涕，有的頭上也長白癬。如果侵犯到他們的勢力範圍，就會引來一頓追打。記得星期天早晨

❹我出生在眷村的豬仔寮，兩歲半時搬到改造的磚造豬寮，七歲住進合作新村前，又在鴨母寮豬哥窟住了一陣子，因此我的童年可說是和「豬仔」一起度過的！

我們家小孩需要上教堂作彌撒，回來後根本混不進去已經成形的遊戲陣容，因此常哭求著可不可以不和媽媽一起上教堂。不過現在想想，就算沒去彌撒，在一群只想學壞的孩子裡面，遲早也要被欺侮吧！那時不知道是受到電視影響還是啥的，小男生只想學壞，好混進角頭組織或地方派系裡，然後便可以四處耀武揚威，獲得尊敬。附近的小女生一看到壞男生只能拔腿就跑，遊戲的地方也常常被他們霸佔。那時常忍著委屈，問媽媽還有幾天才能搬離豬哥窟到新家住？六個月好久啊！

四個書包

我的求學日子一路從幼稚園、國小、國中到高中，都住在合作新村。剛開始還是過著醬油豬油拌飯的日子，飯桌上是沒有幾道配菜的，不過那時我們也很好養，白飯醬油拌豬油，每個人可以扒兩大碗。媽媽菜還沒炒出來，我們已經吃飽了。後來媽媽去豆腐店做豆腐，我們遂有了免費的豆漿喝和豆腐吃，不過一個月的工資才兩百六十元，一斗米五十元，買完一家六口一個月要吃的五斗米，已經沒有多餘什麼錢買肉吃。這時爸爸已經退伍開計程車，媽常揶揄說如果要等爸爸拿錢回來養家，那我們就餓死了。

家裡的開支隨著子女四人的成長而變大，每年要繳四人的學費，買四套制服、四雙皮鞋、四個書包、四套參考書，這還只是一年煩惱兩次的事情，三不五時生病、感冒，四個人也都是同進同出。

記得妹妹六歲時，因為寒流而得到急性肺炎，日夜發燒，那時候家窮沒有財力讓妹妹住院，有幾天狀況特別危急，爸媽緊張到半夜載著妹妹往台中黃小兒科掛急診，施打特效的針劑。那時候抗生素很貴，每次家中如有一個孩子生病，對經濟都是重創，不管怎麼借錢、標會、日夜做工，掙的錢都不夠孝敬醫生，真不知道那時候是怎麼度過的。

「那個年代」的學校

妹妹肺炎那一次，我與弟弟也都被她傳染了百日咳，在學校課堂上，也是沒有辦法控制

永遠吃不飽的四姊弟拍攝於石門水庫

的一直咳、一直咳，最後因為打擾到同學上課，被老師叫起來到教室外面罰站。我羞愧的站在外面，哭得越厲害咳得越嚴重，寒風冷冽，吹得我身體臉頰發紫，唇齒顫抖哆嗦。那一次自尊心被傷得很重，從此非常怕那位老師。現在想起來，這位老師的處事方式很不及格，她應該叫班長帶我到衛生室休息喝杯熱水，怎可以叫我到外面罰站？想起來真是不可思議。

那個時代，學校老師鼓勵好孩子、乖學生上課要全勤，感冒生病等算是小事，都不是請假不上學的藉口。要醫生出示證明才可以請病假，家長即使寫一張說明條子並在上面簽名仍是不算數的。當時也沒有對流行性感冒和腸病毒等的傳染病觀念，不會勸導生病的小朋友在家養病。那個時代的女生都長有頭蝨，就連男導師都要加入戰局，隨時檢查、翻弄我們的頭髮，並在聯絡簿內要求媽媽使用「殺蟲洗髮粉」。

另一種流行的疾病——蛔蟲病，現在已經差不多絕跡了，不過在當時可是萬眾矚目的「小朋友通病」。村里辦公室人員常會來社區住家，鎮公所衛生局人員也會來學校宣導飯前廁後常

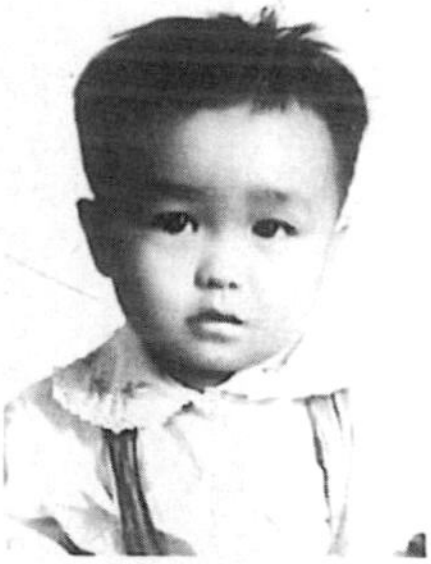

筆者四歲長頭蝨、被迫理短髮後的照片

洗手，並且盯著我們每人必須吞下一顆粉紅色的甜藥丸，其實那就是殺蛔蟲藥。之後老師會交代，請媽媽幫小朋友安排兩粒花生米大的便便，放在火柴盒裡，寫好班級姓名帶來學校，交給老師。哇！那真是「那個年代」一件神祕鄭重的事，也是令所有小朋友大笑的作業。

乖乖牌也有意外

有孩子的家庭，總難免發生一些意外傷害，就如我這種安分守己的乖乖牌長女也避免不了。生活條件較為改善後，家裡有了瓦斯爐用來燒開水。我每天放學回來先盯著弟弟妹妹寫完作業，並且趕在媽媽放工回來前，用大鍋燒熱水讓弟妹們洗澡。

我每天要燒四次水，但是瓦斯爐高度是設計給大人的，不是十二歲小學生的高度。有一年元宵節，媽媽還在工廠，我急著把家事做完，好快快加入外出提燈籠孩子的行列。一不小心，燒燙的熱鍋讓我放開了雙手，滾水淋在我的雙腿上，巷內所有家庭主婦都參與急救。隔壁阿雪姨說該抹醬油，但可能留下黑疤痕；後來對面林老師堅持在我所有燙傷皮膚表面塗上牙膏，結果

巷內十二戶人家二十條牙膏全抹上去了。

慘的是媽媽緊急帶我到醫院後，被大罵沒知識，醫生都失去刮掉那層牙膏的耐心。那時是大面積二度燙傷，水泡慢慢出現，護士用手術刀刮破很多水泡，牙膏沾染到傷口，不痛是騙人的，幸好現在已經完全忘記那痛的感覺，疤痕也只有知道故事的人才看得出來。

燙傷意外後，醫生竟然沒有開診斷證明書給媽媽，害我隔天還得去上學，唯一的福利就是免去打掃升降旗及上體育課。那時我走路像「祕雕（台）」❺，駝著背每走一步，傷口的摩擦好像都是對我走路的懲罰。小學讀六年，雖然有無數次的生病和這一個較嚴重的意外，畢業時卻得到了一個特別獎「家長會長獎」，那是一個沒請過公假、病假、事假才能夠得到的「全勤獎」，也就是說，我的求學字典裡面從沒有「請假」這兩個字。

❺祕雕是我們天天看的布袋戲中，最噁心、最恐怖、最邪惡的人物。祕雕剛出現在武林時，武功高強，殺人無數，人人害怕，但後來被史豔文廢去武功，變成綏尾道人，殘廢加上駝背，讓他走路一拐一拐。

燒燙傷事件後兩天，媽媽就請人來家裡安裝桶裝瓦斯和熱水器。但配管線、鑿洞通到室外需要好幾個小時，媽媽先回去鞋廠趕工，留我一個人監工。那個年輕水電工人說了一堆五四三膨大風的話，我讀出他話中、表情中危險的用意，嚇得不敢進洗澡間試水溫。要不是全身有大片傷口，手腳、大腿、肚子全都用紗布包紮，那鹹豬手可能就伸過來了。媽媽回來得知情況後，跑去跟瓦斯行老闆大吵一頓，也才開始留意孩子獨自在家的安全與否，尤其這個孩子是個乖女孩。

一個意外事故，使我們家變成巷子裡第一戶安裝熱水器的人家，好幾個家長來我家參觀，不到一年十二戶都有了熱水器，那瓦斯行真該補貼我一點酬庸，我被那燙傷傷口折磨了好幾星期呢！

樹與屋

在成年之前，搬過三次家，住過四個居所，前三個「厝（家、房子）」原本是豬仔寮，第四個則是一般透天平房。

在我的成長過程中，「爬樹」、「與豬仔共處」兩件事佔有很重要的分量。自從清泉崗搬到豐原（第二個家），由原先六坪小木屋變成九十坪大庭院，由走幾步路就碰壁的小空間，改換至小孩子足以繃跳玩樂的大空間，真的有如來到天堂一般！豬仔寮改建成的房舍，前院有絲瓜藤及青葡萄架，每當葡萄成熟時，坐在爸爸肩上就可以採到青葡萄，雖然有一兩顆葡萄籽，但卻一點也不酸澀，因為這一點影響，一輩子偏好愛吃青葡萄。

土芭樂樹

房舍旁還有一棵土芭樂樹，我猜是野生小鳥灑落的種。土芭樂樹因為夠大棵，產量很大，但是芭樂果酸澀不對味，所以媽媽都是等芭樂果在樹上自然熟成，日曬雨淋變成黃色時才摘下來吃。

黃色的芭樂果，果皮還是酸澀難以入口，不過內部十分甜美。大人吃黃芭樂，以菜刀對切，看一眼沒問題就用湯匙挖來吃。小孩吃黃芭樂，也是媽媽用菜刀對切，等不及媽媽遞來的湯匙就直接大口啃。芭樂心非常軟也非常甜，芭樂籽早就習慣不咬直接吞。不過有時會感覺嘴內好像有東西在動。媽媽說：如果有東西鳥鳥蛇（台）❶，那是芭樂蟲，要吐掉，但小孩子根本看不出有什麼「鳥鳥蛇」！

芭樂吃多的結果，每天都有兩三個孩子「嗯嗯」嗯不出來，怎麼哭都沒有用。

就是那棵芭樂樹，讓我開始學會爬樹。

夢醒鳳凰樹

在我心目中有一棵大樹，樹旁有一個小屋，四隻「小嘓嘓」❷住在小屋

❶意思是有東西在爬，台語音為gyau-gyau-so。

裡。大樹是我的童年玩伴、也是我祕密的家人，儘管多次遷居，對孩提時代的我而言，那不是搬家，只是換了一個依傍著大樹的居所。在我七歲那年，「樹與屋」的基地轉移到合作新村，我的大樹也從大庭院的芭樂樹，變身為家門口的鳳凰樹，四隻小嘓嘓在這裡快樂長大、受教育。但有一天爸爸與隔壁阿伯竟然手拿鋸子準備來鋸樹，讓我的「樹與屋」，夢碎了一地。

妹、二弟與家門口鳳凰樹合影。後為停放父親的計程車而砍掉此樹

沒辦法，爸爸計程車停很遠，零錢盒老是被偷走，沒了大樹，計程車便能順利停在巷內。所以儘管孩子們傷心，大家卻都沒話說。鋸掉大樹的剩餘樹根隔年又冒出新芽，我幻想冒頭的枝芽是大樹探頭來看看小友人，並與我說再見，但新芽枝被爸爸一腳踢掉。不久村里辦公室就安排合作新村小巷全面鋪設瀝青柏油路，我心目中的大樹真正壽終正寢，就埋在家門口。

❷指我們家四個住過好多豬寮的孩子。

老屋舍翻新

合作新村的老平房建於日據時代，時間不可考，佔地二十坪，一共才一房一廳一廁所。印象最深的是家中唯一的廁所，僅使用五燭光燈泡，開門關門都可以聽到「歪~歪~」的木板門聲音，常常有農家會來回收尿尿及便便作為農耕施肥用，這就是所謂「傳統化糞池」。白天如廁時，往下可以看到千軍萬蟲在蠕動，而廁所的尿騷味、臭屎味不分時段的臭氣撲鼻。並不是在廁所才臭，而是走進去那老平房就是臭，不只我家臭，家家如此都是那麼臭。

小六畢業，爸媽存夠錢準備蓋新房，先將兒女四人安置在豐原南陽路阿姨家住。每天我們都還是騎腳踏車往家裡跑，因為拆舊屋、蓋新房對我們的意義非常大，所有的細節當然要參與。一拆才知道，老平房的主要柱子用的竟然是竹管，兩根柱子間以竹子編成牆的骨架，用黃泥和稻梗來偪（台）牆壁，牆面再刷上一層厚厚的石灰。當老房子輕易被爸爸及姨丈推倒，我出現短暫的懷疑：我們是否為窮人家？但立即看到三輪車推來一籮又一籮的磚塊，腦中馬上又被對新房子的期待所取代，自豪的想著：我家原來不是很

窮，也是有些錢的！那時已是十三歲，開始會想事情，對自己的家世也略有判斷。

四個孩子住在阿姨家，包括她自己的三個孩子，瞬間阿姨要照顧七個大毛頭。後來因為發生一場嚴重的孩子打群架，加上新房子的隔間、支柱及屋頂已完成，我們四個孩子全部被叫回來，不過還沒入住，就先吃一頓棍子。媽媽邊打邊唸：「當初千叮嚀萬交代去要乖，結果你們四個打三個！」

阿姨還提到我們四個吃得比三個快、四個又吃得比三個多……。又說「洗澡一個星期用掉一塊皂！」「其餘沒看見的真的不知道怎麼計算！」……寫到這裡，我心中對阿姨仍懷有感謝，其實我的阿姨是我們家最親、最親、最親的親人，但是不知為何，四個孩子每人都記得這段小故事，且版本都一樣。

一九九九年九月二十一日，時令雖已入秋，但那天很反常，屋內氣溫高得如住烤箱。媽媽不習慣開冷氣，三歲的小姪女脫到剩下小內褲，媽媽也是翻開上衣露出大肚皮。睡到半夜一點四十七分，世紀大地震驚醒母親，她趕快幫小姪女穿衣，緊抱著孩子躲到床下。但小女孩不從：「熱死了，不要穿衣，不要抱抱！」

隔天親友間互通好多電話，好在一切平安。但之後的餘震讓媽媽以為這下死定了，因此再熱的夜晚阿嬤阿孫也都要穿衣，以免死相難看。

合作新村的老房子在那兩年因為地震颱風，又整修改建，應該還可撐上好幾年，而我那棵老樹朋友，應該早就老死、不再嘗試復活了吧！

八 零碎的記憶

回顧合作新村那段歲月，我住的那條小巷只有十二戶人家，那時家家戶戶大人都要外出去賺錢，小孩都要外出去上學，回到家人人都要做代工，是沒有多大貧賤差別的一條小巷。但是在那時候，小孩子簡單邏輯的思維，還是擁有判斷貧富差距的標準，也就是直接用「看」的。

對面家是唯一的新式洋樓房，當然最富有。再來是吳老師家，因為她先生參加非洲農耕隊，可以搭飛機到國外去賺錢。再來就我家，因為我爸有部四輪的計程車，是這條巷子的唯一一部車，其他的人家都是騎腳踏車，是否富有一比就知道了，這是在我十歲左右的認知。其實家裡雖然有車，終究是爸爸的賺錢工具，汽油也不是不要錢，因此爸爸從沒送過我上下學，下雨天、受傷及生病時，也壓根沒想到要求以車代步。

那時住在合作新村的平房還是土糠厝，除了木頭竹管當主樑，頂著紅色破屋瓦，現代人絕不會相信隔間牆壁是竹編糊土糠。想當然爾沒有洗澡衛浴間，都是媽媽燒了盆水，所有孩子擦澡乾洗就可以去睡覺了。記得總是在冬天，全家會去澡堂徹底大洗特洗。澡堂就在豐原戲院旁，不管戲院或澡堂外都有排班的三輪黃包車，我們一定是去找外省人踩的三輪車。印象最深刻有多個夜晚，寒流又碰上雨季，與媽媽搭上三輪車，看到採三輪車的阿伯雖穿雨衣，頭戴斗笠，其實還是全身濕透透，有點心疼。不過看媽媽給了一塊二的車資後，我更感覺我爸是有錢人，因為在台中開計程車，賺的是三塊錢起跳。

「三輪車，跑得快，上面坐個老太太，要五毛，給一塊，你說奇怪不奇怪？」坐在三輪車上，兄弟姐妹一定是大合唱這首歌回到家。

記得某人好一陣子一直來我家，那是村長的老婆，她的職業就是媒婆，年紀六十上下，冬天穿和服，夏天穿旗袍，不管什麼天氣一定帶著一隻咖啡色的老式油傘，且是坐三輪車來到我家。媒婆口袋裡有代嫁小姐的照片及生辰八字，沒來幾次，爸爸的光棍朋友就少掉一個。媒人嘴胡纍纍（台），促成不少好事，但爸爸抽成的媒人錢都拿去包紅包，並沒有用這個來賺錢喔！

婚後的老兵，經濟上開始變得比較辛苦。記得經過包生媒婆八字拼湊後，一位伯伯除了白天在縣政府當工友，晚上還要加班踩黃包車，因為伯伯五十歲終於有了他自己的小骨肉。另外一位伯伯一大早賣包子饅頭，下午賣甘蔗，也都是三輪車叫賣，因為他也娶了一位年輕的妹妹。在這裡我要聲明，伯伯們不是刻意老牛吃嫩草，因為媒婆給的名單有的是被休的（再婚的意思），有的是弱智，二位伯伯孤單久了、也看破了，找個姑娘湊和，也不挑了。

二位伯伯婚後常來找爸爸，他們只透露出喜悅、只有話多、只有炫耀他們的小娘子和他們的小寶貝。原本那些伯伯過去來我家都會帶水果或糖果，過年時紅包也很大方，在他們有了家室後，伴手禮都變了樣，帶來的是他們多餘的饅頭配自己醃的榨菜頭。但只要想到他們來到台灣，流浪孤寂了三十年，終於有了家，終於重新賦予了生命意義，那麼即使他們手頭不大方了又有什麼關係呢？這些事，當時我們雖小，卻都懂、也能體諒！

民國六十年初，在我國小四五年級時，有一陣子我的課餘生活過得很光彩。媽媽在球鞋工廠認識的一位工人朋友，離職後變成自助會的盟友，我要叫他「厚斗叔」。爸爸非常提防這個人，因為他總是太早就把會標走，又沒有永久聯絡地址，常常搬來搬去。某次會標走後兩三個月，再見他人影時，已由原先的臭頭洪武君❶，大變身為有如上海幫撒金商人。他的短髮抹上髮油，刻意留上八字短鬍來增加歲數，一身西裝、領帶、袖扣、皮鞋，就是要我們忘記他原先的小工人形象。他的「變身」十分成功，要不是他的「大厚斗」，根本認不出這是同一個人。

厚斗叔定期來繳會錢，同時帶來他生產的化妝品送給媽媽做保養（我現在猜是瑕疵品）。有十多種顏色的口紅、十多種顏色的指甲油，以及十多種顏色的眼影，其餘還有些什麼不大記得了。厚斗叔的化妝品品牌叫作「喜相逢」，與當時台視綜藝節目「喜相逢」同名。他還買下這個節目的整點廣告時間，推銷他的化妝品。「喜相逢」是由巨星白嘉莉所主持的一個歌唱抽獎

❶指出身農家、年號洪武的明太祖朱元璋。早期楊麗花歌仔戲〈朱洪武〉中，朱元璋是一位憨直的臭頭小子，工作是為地主放牛。

節目，因此大家都以為厚斗叔和白嘉莉有密切的往來。厚斗叔每次都是為了借錢、還錢來我家，但是我只關心他有沒有與白嘉莉吃飯、白嘉莉擦什麼顏色指甲油等等。我後來才知道，厚斗叔根本只是搭順風車、借用「喜相逢」這個名字，他和巨星白嘉莉並沒有任何關係，不過這是很久以後的事了。

指甲油數量實在太多，我的十根手指、十根腳趾不夠擦，趁著小我四歲的二弟睡著了，偷偷幫他上指甲油。結果隔天上學前被媽媽發現，第一件事情就是趕緊到西藥房買去漬油，把我和弟弟的手腳指甲擦乾淨，才放我們出門。而眾多指甲油中，黑色指甲油最讓我爸感冒。在我的心中，那些穿著獨特——要嘛超迷你窄裙，要嘛超大管喇叭褲，一天到晚聽西洋歌曲，男朋友都是太保的太妹，才敢用黑色指甲油。老爸每次提到「厚斗叔」總是面有難色，不是怕一個成功生意人來找媽，也不是厭惡黑色指甲油，而是擔心他的會錢不穩定。

媽媽送給我許多口紅、指甲油，我卻只能在塗了指甲油後就去睡覺，享受僅僅幾小時繽紛美麗的色彩。隔天一大早上學前，得趕緊用去漬油洗掉。後來天主教會復活節畫彩蛋，別人用水彩，我用指甲油，紅、粉紅、橘，象牙黃……再搭配黑色滾邊加彩晶白點，那一年的復活節彩蛋非常、非常漂亮。由於創作需要空蛋殼，那兩星期全家也天天努力配合吃炒蛋，好滿足我天才彩蛋的創作需求。彩蛋完成後，再用線綁起來當吊飾，那一陣子家中吊滿我的「作品」。

後來我把這一個四十年前的故事說給丈夫聽，他竟然只問了一句：「電視台有沒有追究厚斗叔侵犯『喜相逢』這個商標權，因而產生法律糾紛？」

我也不知道耶，西方人好容易什麼都想到法律問題，對我來說這根本不重要，丈夫的問題太奇怪了！

八 再多也不夠吃

我們這種芋仔番薯家庭，爸爸沒有後台，媽媽沒有嫁妝，計畫生育一年一個，四個恰恰好。增產報國雖受國家肯定，但是米飯碗筷自己就要想辦法了。讀天主教海星幼稚園的時候，下課常往親阿姨家跑。那時阿姨幫人家帶小孩，有個胖嘟嘟小嬰兒的爸媽是醫生，每天早上托嬰的時候都附帶一顆蘋果。碰巧在我們放學後，阿姨對切了蘋果，刮成蘋果泥，在小 baby 午睡醒來後一口一口餵他吃。我們耐心的守候，在旁邊吞口水，終於等到那一刻，阿姨會把沒吃完的蘋果先給有氣喘病的小表妹吃，蘋果皮再給我和大表妹分著吃。吃到了蘋果（其實是蘋果皮），那天才心甘情願回家去。

讀國小的時候我們不是那麼好伺候，每次生病、喉嚨痛，吃藥的條件，就是面前要有紅芒果乾或軟糖。如果還要看醫生、打針，不來顆蘋果我是抵死不從的。我一生忠於蘋果，現在早晚飯後都吃一顆，只不過不吃皮了。如今經濟條件大為改善，已非過去的自己所能想像。念及幼時的艱苦，有時候吃東西便不懂得節制，幸好從沒被撐死。

連續幾年的時間，媽媽凌晨兩、三點就上工去做豆腐，白天再去鞋廠上班，因此我們的早餐都是自己料理。當然選擇性也很多，俗擱大碗（便宜量又多）。每天早上上學前，一台載著麵包的腳踏車會固定在小巷賣西點麵包，有紅豆、椰子、奶油、炸彈麵包，從甜到鹹，從片裝到條裝，什麼都有。我家小孩胃口比較平實，向來買最便宜的土司，兩條吐司四人分，一人分半條，大約是十二片。爸爸會從清泉崗美軍商店買來兩公升裝的鐵罐草莓醬、葡萄果醬或橙橘果醬，有時候爸媽在家，就可以多顆荷包蛋或肉鬆加菜，那就更完美了！我是大孩子吃半條土司沒話說，但我那二弟小我四歲，也吃半條就太神奇了。

有一種東西現在可能不好買到了。爸以前經常從台中一位山東老鄉那兒，買來山東大餅、山東饅頭、山東鐵餅等。那老鄉看心情，三不五時也會做羊角麵包外賣。其實羊角麵包和鐵餅都是同種麵糰，同樣烘培時間，只是造型不一樣，騙騙孩子罷了。吃多了乾糧，兄弟姊妹變得下顎發達，平時吵架打架時，每人都使出「咬人」的最後一招，那咬痕留在胳臂或大腿上，要三天三夜才會消除，讓人痛得要死。

乾糧吃多了也會口渴，但解渴飲料是很貴的。鄰居給了治喉嚨卡魚刺的偏方，就是黑松沙士加鹽巴，然後大口大口的吞下。為了喝到昂貴的沙士，我們偶爾會假裝吞到魚刺。有一次弟弟吃飯真的不小心卡到魚刺，汽水、香蕉、飯糰都沒效，媽媽才趕緊載著那不是故意的小孩上耳鼻喉科掛急診。現在想想，我們就像小麻雀一樣，鳥爸鳥媽不停叼著小蟲回巢，但我家四隻小麻雀的嘴巴張得大大，隨時在吃，卻永遠吃不飽。做父母真是不簡單！

古早厝

小時候問媽媽：「我是怎麼生出來的？」得到的答案總是：「土地公旁邊的大石頭蹦出來的。」改問爸爸：「妹妹是怎麼來的？」得到的答案是：「外面垃圾堆撿來的。」

從小父母給我們家教不外乎是謙卑當主食，吃虧當副食。媽沒帶來家產，爸沒帶來靠山，一切靠雙手，套句九〇年代的常用口語：「土生土長、本土化」。我們就是本土化，隨便養大的。是不是本土台灣人我們心裡有數，但外人眼裡可不是那麼回事，我們成了「芋仔囝」❶，是遲早要滾回去的中國豬！

「滾回去」這話聽起來很傷，在孩子的我們耳中卻完全不當一回事。我從小講台語，先會台語才學國語，我可是道地的「台灣人」！爸爸、叔叔、

❶芋仔囝指外省人的兒女。

伯伯要滾回中國隨便他們，我們四個孩子不也是逢年過節、寒假暑假，都會「滾回」南投阿祖的古早厝——媽媽的老家嗎？

童言無忌

小時後最愛回南投阿祖家的古早厝，三合院的正廳是祠堂，放了很多神主牌。那個祠堂聽說是分堂，每年通常在清明節時，王家祠堂（三家廟總堂）會演戲，讓我們去吃拜拜。

有一年清明，我跟著小阿姨到水稻田裡去放竹簍抓鰻魚，田裡的水高到我小腿肚，青蛙多鰻魚肥，如果抓不到鰻魚，泥鰍青蛙也不錯。當時老蔣總統正在生病，我問了個很笨的問題：「蔣總統生病，應該是要花很多錢吧！如果死了，不是可以節省很多錢嗎？」阿姨手上緊捏著青蛙，兩眼盯著水田中的泥鰍，青蛙被捏得喘不過氣彷彿也四眼瞪著我。氣氛一時冷凝，讓我驚覺難道這是天打雷劈的怪問題？「小孩子不要亂講！」

結果那天晚上風雨交加，閃電雷雨不斷，我不知好歹，還睡得特別香。隔天，民族救星殞世的消息也如急風驟雨般傳來，全國人心惶惶，「搞不好老共會侵略台灣」的謠言四起。小孩沒膽，第一個念頭就覺得會被抓去關，我央求小阿姨不要把我無心的話洩漏給警察！誰知大人們才不理會我童言無忌，而是人人自危，都害怕台灣不再安全。不到幾小時，老爸就開著計程車來接我們回家，自己照顧比較安全。清明節假期還沒結束，我出自內心的害怕及傷心，在制服上別上黑絲帶，為民族英雄殞落戴孝一個月。

那時我十三歲。

小房間的祕密

不只清明節回古早厝，寒暑假、婚喪喜慶，我們都會回去南投阿祖家小住幾天。在三合院內看到七、八十歲的就叫阿祖，五、六十歲的叫叔公嬸婆，三、四十歲的叫舅舅阿姨。我們輩分最小，沒有多餘的木頭椅可以坐，還有很多規矩要守：門檻——也就是戶磴（台）只能跨不能坐，大人的話只能聽不能問，三餐飯前要先燒香拜祖先、門神、灶神及豬寮的財神等等。

舅媽嬸婆煮飯炒菜時，我的工作是幫忙燒柴煽火，菜餚陸續烹煮盛盤，所有大魚大肉香噴噴、熱騰騰。飯菜一上桌，要先請叔公、舅舅吃，舅媽另外裝了一大碗飯菜，送到三合院邊角那神祕、黑暗又有尿騷味的小房間。

古早厝右廂房有個黑暗的小房間，關著我的阿祖。阿祖認得我時我還太小，沒有記憶。等到我有記憶時，阿祖已經瘋了，被關在小房間限制出入，每天有人送三餐飯，碗筷只進不出，定期要出動全家軟硬兼施，把阿祖騙出來洗澡，趁那段時間來大規模清理房間。清出幾十個碗，每一個碗裡阿祖都留有兩口飯，等著二叔公回來吃。「二叔公被抓去南洋當兵，死在異鄉了。」大家都這麼說，但到底在南洋哪個國？誰知道？

香包與美人

每餐吃飯時，等男性長輩吃香喝辣用餐完畢，第二輪換嬸婆、阿姨和小孩子。我們雖然沒座位坐，但站著吃吃更多。因為飯桌實在太高，媽媽阿姨都會幫我們夾菜。第三輪換誰吃？答案是換大舅媽、二舅媽、三舅媽吃。我那三個舅媽不是普通的漂亮，又精明能幹，不僅上山種香蕉、鳳梨、甘蔗，還能下田插秧、割稻、除草；在家洗衣、打掃、做飯，在房裡還能繡花、做香包。我特別崇拜二舅媽，她微笑起來，粉嫩的臉上有兩個大酒窩，搭配雙眼皮、大眼睛，十足的美人胚子。二舅實在是好福氣，憑著媒妁之言就娶到難得一見的大美人。

二舅媽做端午節香包使用的材料及手法，都不是小學家政老師可以比擬。學校教的太寒酸了，只讓我們用吸管和舊衣布縫一縫，塞些香灰或五香粉，插根雞毛，串一串就成了一掛香包。如果做得漂亮，可以掛在檯燈前當裝飾，而不漂亮的就當沙包玩。但我二舅媽做的香包可是有拜師學藝的。她大膽使用龍綢錦緞，再以珍珠、水晶、玻璃珠、五彩亮片做裝飾，造型五花八門。她綁的香包也像粽子一樣一大串，一個「大香包粽」連著四個小的，有的再加些鈴鐺，很能吸引出生不久的小娃兒。香包的香味則用檀香粉、棉花球蘸明星花露水，或是塞一些曬乾的甘草或桂花。

二舅媽使用的香包材料，讓我猜測她來自田中富貴人家。但是嫁來王家當媳婦，工作是第一輪，吃飯是第三輪，而王家的女兒們吃飯工作卻都是第二輪。在當時，嫁出門的媳婦就要認命，女人的「鹹菜命」，我們當時都覺得理所當然，沒有什麼大驚小怪。二舅媽送給我的五彩花蝴蝶香包早已遺失，但偶然看到公視民俗技藝節目對香包的介紹，又讓我想起那香包的淡淡桂花味，回憶起古早厝裡嚐到、帶有竹葉香的竹筍炒蝦米肉粽。

阿公的鹹菜脯

我的阿公王錫鑑是個跛腳木匠。阿嬤王蔡阿敬生了第二胎小阿姨四個月後，就長疔瘡（現代醫學學名：蜂窩性組織炎）早死，家裡沒有奶水，我的親阿姨因此送了人養。阿公一個人在草屯做木工，省吃儉用，竟然還能存錢買店面買地。阿公省到什麼程度呢？他幾乎餐餐桌上都有自理的傳統醃製醬菜。媽媽說阿公一餐吃三碗飯配鹹魚，一條魚可以撐很久，魚頭吃一個禮拜，魚身留下來吃另一個禮拜，魚尾再吃一個禮拜，翻過來另一面又可以再吃三個禮拜。

這幾年回台灣如有機會，我也開始喜歡嚐豆腐乳、小魚干、醬瓜、蘿蔔乾等傳統食品，慢慢能體會那些醃製醬菜的背後意義，那是帶有無數先人和大地搏血搏汗奮鬥的歷程。現在我那「阿斗仔」老公特別喜歡我用辣豆腐乳炒的高麗菜，以及加上乾蘿蔔絲炒的肉末炒飯。我把妹妹送的筍乾滷成控肉筍絲，特意把悶燒鍋放在外面涼亭滷五小時，整個社區都可以聞到媽媽的味道，他們都知道我是從台灣來的。那道醬油味就是台灣味！也是我阿公最愛的滋味兒。

古厝回憶

古早厝的廚房旁有一口井，那口井水質清澈甜美，餵養王家幾十代人口和曾參養的無數條豬。幼時要取井水時，阿姨會陪我站在井口上用麻繩拉起木桶。我探頭往井裡看，腦中充滿危險恐懼的想像，不知道曾經有幾個小孩掉下去，還是像歌仔戲演的一樣，有因為受不了虐待跳下去的媳婦！

客廳早期是使用竹編椅凳，後期換成一套紅豆杉桌椅，這些沒什麼特別，特別的是客廳放了一張大龍床，附有小五斗櫃、藝品櫃，還有花鳥雲彩的鏤空雕飾。晚上放下蚊帳，我們就睡在客廳大龍床上。我還依稀記得，白天收起蚊帳後，趴在上面寫暑假作業。可惜那張龍床最後賣給古物商了。據說整理後現在放在民俗博物館展示，博物館也沒人知道到這張大龍床的來歷。

老爸出殯那天，媽媽的娘家親友都到齊，人數眾多，客廳椅子不夠坐，大家都站在巷子內。喪禮讓媽媽重拾與娘家舅舅們的連繫，舅舅傳來不可思議的訊息，說是王家的祖產準備要分割了。他們說，這牽涉到四大堂口九大分支，沒有那麼簡單，光是要補繳地價稅就要幾千萬。那些錯綜複雜關係、什麼輩分可以分多少，我一點也不關心，反正我是湊熱鬧觀戰的心情。

上次開子孫大會，律師整理的名冊證明，王家的始祖是福建金埔人，在元末明初，可能為了躲避蒙古軍而逃難來台，而媽媽是遷台第十九世孫。媽媽的王家歷史可以上追六、七百年，而我們是王家第二十世半孫。了不得！我們的歷史比板橋林家多一倍，世代傳承比官田陳家多十世，媽！爸！我不是石頭蹦出來、路上撿的，我們是周家子孫，也是王家第二十世外姓孫。不過，我們還是得謙卑持守家訓。

我收到王家祖先最豐厚的資產，是金錢買不到的家族史，是對我們香火傳承的證明。不久的將來，南投彰南路上的古早厝就要被拆平重建。記得最後一次住在古早厝是蔣公去世那一晚，後來因為課業壓力重、親友關係疏離，再回去已是三十多年之後。媽媽帶我找到了古早厝的路，三十多年下來，彰南路多墊高了幾十吋，古早厝後山頭整個被削平成為南崗工業區，變矮幾十公尺。

我記憶中的古早厝歷經風雨歲月摧殘，還是穩穩立在那邊。三合院入門口的「小院神廟」還是有人來奉香，延續香火。重新踏上三合院的稻埕，想起三不五時要去翻曬稻穀的童年生活，院中一大堆的母雞小雞走來走去，吃飽了稻穀就不會再來啄食。我願再有一次機會幫忙曬菜脯乾，再一次幫忙趕小雞，再幫忙為稻穀蓋上塑膠帆布擋露水，但這些都不可能了。

但是古早厝裡的小人物與點點滴滴，常駐我心。

八 想吃蒼蠅自己捕

「想吃蒼蠅自己捕！」媽媽常這麼說。別肖想愛國彩券，也別夢想老爸打麻將能自摸贏錢回來，在那個物質缺乏的時代，就算餓到想吃蒼蠅，也得自己找拍子、尋網子，自己捕去！

謝東閔的「家庭即工廠」口號實施前，媽媽早就把我們四個小孩拖去製鞋廠做工，學校一下課，就直接到工廠找媽媽。我的功課是趴在球鞋海綿墊上寫完的，晚餐也在工廠解決，和大人吃得一樣多。我也有一張我的童工卡，打卡的卡片每天都有記錄來工廠及離廠的時間，到時候他們會把我的工資併在媽的薪餉袋裡。我們這一家在工廠就有五張卡片，不簡單吧！連七歲的小弟也不例外。其實當時七歲的小弟、八歲的小妹只是愛現，幫的倒忙比賺的工資還多。不過，把整個家都搬來工廠也算是媽媽的智慧，全部的孩子都待在媽媽身邊，也就不用擔心孩子的安危。

許多加班到深夜的夜晚，媽媽揹起在海綿墊上睡著的小弟，抱著走不動的小妹，放棄在工廠洗澡就回家去。平常時候，工廠可是我們的澡堂。那橡膠鞋工廠有兩大口蒸汽鍋爐，二十四小時熬煮一大鍋橡膠，產生無限供應的熱水，有時爸爸會來幫忙，也順便洗個熱水澡。那個時代，墮落的人會去買強力膠來吸食，有些孩子則因為好奇而躍躍欲試，我們對這種味道卻一點也不好奇，因為我們吸橡膠味早就習以為常了，而且是免費的。

鞋廠淡季的時候就在家裡代工，穿梳子（手工把鐵針一一穿進橡膠皮，然後送回工廠加工做成梳子）、幫羽毛球拍和網球拍穿線、整理球鞋包裝袋、剝蠶豆殼等。幾乎所有的加工，手指都會痛，但有一加工弟弟妹妹都喜歡，就是包裝外銷到美國的「白雪口香糖」。因為減少的斤兩會扣在工資上，我們就會把嚼過口香糖再包進去。如果代工是包蜜餞，常常把含了一口的蜜餞也包進，酸甜的滋味超越十歲孩子的道德標準。

有一種加工我特別害怕，就是隔壁阿嬌姨的「印金紙」，她家有幾千萬片薄金箔、不同尺寸的大木印、紅色和綠色的印泥。阿姨省錢，只用十燭光燈泡在小房間加工，滿間泛黃的金紙凸顯她慘白的臉頰，讓我不喜歡去她家。媽媽說那紙是拜拜燒給神明用的，但是阿嬌姨的兒子說是燒給死人的，讓我更不敢去。她印金紙的速度比數鈔機還快，不是蓋的。

媽媽後來換了個可以賺更多錢的工作，就是到豐原果菜批發市場去做工。每天晚上我們寫完作業、看完電視要上床睡覺了，媽媽就穿戴準備好去市場，隔天十點、十一點休市了，她才回來睡覺，是一種日夜顛倒的工作。隨著季節性蔬果的產量增加，我們四個孩子就有打工的機會，因為夜間的工作不影響上學。但主要我們還是在週末或寒暑假的日子到市場幫忙，幫忙剝生豆、洗白蘿蔔或剝筊白筍皮等。

工資最高的是把青柿子包裝成箱，來搶工作的小朋友也很多。不過我們四人是一個漂亮的團隊，大弟負責組盒箱子，妹妹跟在我旁邊把柿子放進去，我眼明手快的把柿子堆疊好，瑕疵的排底層，漂亮大顆的擺上層，小弟則在每完成一箱包裝後，就去領一張卡片和一張貼紙黏在外箱上。為了比別人多包裝一兩箱，兩個弟弟在那一堆像山的柿子中，又堆出一座小山，誰都不能碰，等到大山沒了，再回頭過來消耗我們的小山。青柿子是生的，還沒熟透，老闆用報紙包了一塊「電土」[1]，可以加速青柿子熟成，外銷到日本後個把個月就可以上市了。我家人一輩子不喜歡吃紅柿，因為我們已經包裝到怕了。但婚後跟著丈夫只好改變自己，偶爾吃個超大超甜的土耳其柿子。

裝柿子的打工機會是在十月、十一月左右，有時碰到寒流來襲，待在外面做工實在很苦。但當我們把工資交給媽媽那一刻，媽媽高興的說，下個月的會錢沒問題，開學四個人的學費也差不多了，我們四個人就會很驕傲、很開心。有很多個半夜，在做完工、吃完宵夜後，我們四個兄弟姊妹手牽著手、唱著歌，伴著星星一起回家。那時屬於戒嚴時代，但我們做孩子的不懂戒嚴和宵禁，大馬路上就我們四個人，愛怎麼唱歌就怎麼唱、愛怎麼跑就怎麼跑！橫衝直撞好不快樂！隔天睡到中午，帶著燦爛的笑容，迎接拖著疲憊身軀回來的媽媽，「媽！換你去睡！」然後打開無聲的電視機看電視，只為讓媽媽有個好眠。

我們家四個孩子，在台灣發展為「代工王國」的年代，相繼成為「廉價童工」。現在想起來，雖然沒有在這段重要的歷史中缺席，卻帶給我們一家

❶這是「碳化鈣」，又稱風煤、電石氣，常用於柿子、木瓜、芒果、香蕉的催熟。後來證明會致癌，已禁用。

難以抹滅的傷痛。一次鞋廠的機器作業中，九歲弟弟的右手無名指被硬生生切掉，工廠老闆送來一籃水果給他壓驚，看在雙親眼裡更為痛心。爸爸氣得在我面前甩了媽媽一個耳光，那是他們結婚四十七年唯一的一次、我不認定的婚姻暴力。這個事件後，我們便不再去鞋廠當童工。

四年後，大弟初上國中的暑期新生訓練，經過家長的簽字同意，學校代為安排到工廠建教合作，但不到一個星期，弟弟的左手掌又被裁掉了。一個偌大的工廠竟然讓一個十四歲小夥子操作十噸重的切床機台，當時並沒有安全迴路的人性設計，是危險無比的工作。工廠老闆雖然立即送來五千元的紅包壓驚，又有什麼用呢！那一年，我看到昔日威武駕駛戰車、又能開大型卡車的老爸，竟哭了好幾次，並且想盡辦法透過關係，開車載弟弟到台北榮總看外科門診，希望把自己的手移植給寶貝兒子。那時的醫藥科技報導十分誇大，給了我們錯誤的希望，父親為此終身掛懷。

小巷的農民曆

七歲至二十三歲住在豐原的合作新村，我們住的小巷，家家都有本農民曆，我們都是照著節令過日子。雖然外嫁歐洲十幾年，每年我都還是回到老家來看看。

小巷只有四米寬、百米長，總共有十二戶人家，在我成長的六〇年代，這條小巷住著三十位未來主人翁，三十位家長，十位阿公阿嬤，巷弄狹小，待在屋內就能聽到左鄰的阿公在咳嗽，對面在看卡通，巷子第一家夫妻在吵架，最後一家的阿標被修理，對頭那一家打破碗。

四十年後再走進這條小巷，那是我成長的小巷、一條熟悉的小巷。有一次用散步的心情，懷古追憶的心態，走遍了整個「合作新村」，即便是白天，但家家門庭深鎖，反正我也無法戶戶敲門，去數算我還認得的鄰居，我也無法站在他們的窗外窺探他人隱私。放慢我的腳步，張開耳朵與嗅覺，聽到熟悉的聲音，聞到熟悉的花香，我確定，還有五戶鄰居是我認得的人家！

然而，除非白天碰到寒暄幾句，我竟然失去主動去找他們聊天的勇氣。

小巷變得很冷清，沒人走動，回到停在巷口的車子拿雨傘，索性坐在車內休息，閉目養神，沉想及回憶……我聽到了！二、三十個小孩在玩跳格子、躲避球、樂樂球、捉迷藏、騎腳踏車，那個哭，這個叫，大人喊回家吃晚飯……

回憶浮現

我又回到合作新村小巷，二、三十個小朋友，十來個大人，大家都坐在小巷內凳子上做代工，大人盯著，誰也跑不掉。

我又回到合作新村小巷，二、三十位小朋友，幾把凳子擺在門口，月餅、水果、柚子全都擺出來，跑來跑去，互相觀摩參拜貢品，就等著要賞月。

我又回到合作新村小巷，巷口土地公廟的廟會正在演布袋戲，二、三十位小朋友蒐集殘砲破竹做火箭筒，還要蒐集殘餘蠟燭油——這要做啥？一時忘了……。

我又回到合作新村小巷，爆「米香」的阿伯來到小巷，二、三十個小朋友開始搶時間。弟弟先去佔位置，我趕快去裝米，妹妹跑去問媽媽花生米放哪裡？等到東西備齊了，姐妹一起衝到外面，我們不是最快的，已經有好多小朋友在乖乖蹲著排隊。排第一名的人，三十分鐘就有爆米香吃，排第十名要等五小時，有時真的是會等死人。

一般來說，阿伯都是週六下午或週日來到小巷，在空地架設所有製作器材，他有一個幫手會協助燒木炭、熬煮麥芽糖、炒花生等，阿伯主要負責手搖旋轉壓力米爐，這是我們眼中最神聖又酷炫的一個「爆米香」儀式。約十五分鐘後，看到壓力指示表指針即將走到，阿伯大叫「要爆了」，大家摀起耳朵，阿伯則開爐把米爆進鐵網。接著白煙瀰漫於旋轉壓力米爐及阿伯之間，幫手連忙混合爆好的米、麥芽糖汁及花生，再壓平、切塊、裝袋，阿伯最後的工作就是清理旋轉壓力米爐。一回合的「爆米香」全程約半小時，孩子必

土地公廟前的姊弟（如今這座廟依舊在豐原市原址）

須自己準備最基本的原料——米，若同時自備花生米、糖，只要付製作的工錢給阿伯就好。如缺少糖或花生，也可向阿伯買。不過阿伯不賣米，也不賣現成爆米香。曾碰過家裡米缸沒米，只能躲在家裡，偷偷看外面正排隊、興高采烈的大家，那樣的一刻，是無比難過的啊！

捲動農民曆

我繼續閉著眼睛，翻開農民曆，在回憶中我看到大年初一巷子裡小朋友急著穿新衣、戴新帽，一定是跑出來互相比較穿紅戴綠的衣裳，以及炫耀比畫手上的紅包。元宵節時，湯圓家裡吃，燈籠外面提，一個小小百米小巷，起碼有三十、五十個燈籠，多半是自製的，點蠟燭的或煤油燈的。我看到中元普渡，幾十個大桌，雞鴨魚肉貢品，二、三十個小朋友幫忙燒金紙，拜祖先。端午節吃粽子，初一十五也是要先拜一拜，同樣來這一套。

我看到媒婆搭黃包車來串門子，那是村長的老婆，她的職業就是媒婆，冬天穿日本和服，夏天穿旗袍，塗得厚厚的胭脂，手上總有一些名單。不久後小巷就有婚嫁喜宴，二十桌、三十桌一擺開，遮雨棚就搭在小巷內。每逢巷裡有婚事，最快樂的是小巷的二、三十位小孩子，忙得可起勁兒了，根本沒時間寫作業。

隨著季節更替，我還看到五月醃胡瓜、七月曬高麗菜乾、九月醃菜脯、十一月曬香腸醃臘肉的婦人們身影，而「收竹篗」、「防狗叼走」這些是誰的工作？小孩們的工作！

隨著鐘擺撥轉，我還看到早上六點就來賣醬菜的阿伯，還有賣包子饅頭的外省老爹、賣水果兼賣菜的歐巴桑；下午有賣冰的吧噗、賣臭豆腐的三輪車，甚至有跑單幫的帶來兩皮箱洋貨。他們都在哪裡交易？就在巷內兩棵大鳳凰樹下做生意。阿公在乘涼、阿嬤在補丁，樹下一群人好忙啊！

冷漠的窄道

現在回到合作新村小巷，一排屋舍望去，有空屋的、有改建的、有新落籍的、也有暫時歇腳的租戶，小巷還是一樣四米寬，也沒再多加百米長。但不管白天、黃昏或晚上，不管週末或假日，小巷不再有玩耍的小朋友、聊天的阿嬤、曬衣服晾褲頭的歐巴桑，小巷停滿機車、堆滿路障，兩棵大鳳凰樹也砍了，昔日二、三十位小朋友都已是成人，讀書、求學、就職、婚嫁、搬離……最要緊的是，那些賣冰賣菜阿伯不再來，小巷沒了生命，小巷步入凋零，小巷變成冷漠的窄道。

閉著眼睛，想起小巷有一本農民曆，我們曾依季節節令過日子。如今喚不回小巷二、三十位的小朋友繼續一起玩耍，他們都是我的老朋友，我的老同學。

回到二十一世紀的小巷，沉澱下浮躁失落的心，一幕又一幕小孩子歡樂、玩耍、嬉鬧的畫面，如望進時光隧道、如幻燈螢幕一張又一張的切換。只有記憶能一幕又一幕將過去喚回，同時喚回小巷的靈魂，二、三十位小朋友成長的歡樂笑聲。

想隨著農民曆回到小巷，只好閉起眼睛！

老東家

在老爸退休後，常提到他當年的老東家……

一九九九年九月二十一日中部發生大地震，爸媽住的合作新村老房子及弟妹住的透天厝都沒什麼損傷。幾個小時後，新聞報導出豐原市一棟十二層大樓倒塌，老爸看到這則新聞後立即騎著摩托車往外跑，因為倒塌的大樓波及老東家住的豪宅，爸爸曾經在那裡當守衛。

我們家認識的豪宅只有一戶，那是老爸退休前最後一份工作的雇主住家。父親在那棟豪宅當守衛共計十二年，這個地方光是門面就不簡單！值班的警衛室內有冷氣、有電視，採三班制、每班有兩人，警衛大狼犬有四條，外加三、四部黑頭大賓士——守衛沒事還要幫忙發動一下，而庭園造景、花卉草皮另有專人悉心照顧。

這一棟豪宅在建築裝潢後，主人吉時入住前，老爸曾帶我參觀過，據說全部建材自義大利進口，建築外觀百分之百哥德式建築設計。它就是光男企業董事長的家宅，與它同時期的有名建築，是豐原火車站前一棟十二層樓的大飯店——在當時為豐原市地標，也就是老東家所經營，名為肯尼士「太」飯店，老爸說那是有「高人指點」，所以大飯店上多加一點。

全台灣的飯店都叫大飯店，老東家開的飯店卻要叫「太」飯店，可見其豪邁與霸氣。那時候光男集團事業如日中天，從運動器材、成衣球鞋，到飯店、房地產、證券公司，甚至自有品牌艾鉅電腦……總之集團財力雄厚、規模龐大。老爸服務於此，像捧個鐵飯碗般，因此忠心守著老東家回家休息的家宅！

任職豪宅守衛期間，老爸天天看著博士經理、外國工程師及股票超盤手來來去去，都是在豪宅會議室密會，商議著好幾千萬的業務交易。豪宅幾個守衛都跟著關心每個會議的重要話題，連我那貧窮的老爸也眼巴巴看著公司股票短時間內升值二十點、升值五十點或升值近百點。老東家曾這麼說：「老周啊，如果你有閒錢放一些也可以，如果你只有退休老本那就沒資格玩這遊戲，輸不起啊！」

那時老爸連退休老本都沒有，自然無法投資，不過這或許是一種幸運吧！過幾年六名守衛剩兩名，江湖術士、理財專員不再來豪宅，因為沒錢可以搬了。沒多久光男集團宣布倒閉，工廠的員工多半沒領到積欠的薪資，更別提優退或資遣金。老爸是家宅這邊的守衛，薪水也是有半月沒一月的，無法按時領到，且站哨工時從八小時增加為十二小時。

老爸守職的最後些年，老東家所打出的江山已是兵敗如山倒，無法收拾，最後老東家想盡辦法開了十二張私人支票，作為老爸退休養老金。這些支票雖然等了兩年才兌現，但是老爸沒有計較，反倒對老東家人生的起伏感慨萬千。一路看著豪宅樓起，又看著豪宅樓塌，世事變化難測，不禁唏噓。

地震後拆掉的豪宅，老爸有事沒事還會摩托車騎著就去看一看。

渺小的領悟

兩千年，也就是千禧年，家裡即將發生一件大事，弟弟妹妹們不定期就湊在一起談論，順道回憶及打屁過去所有零零總總。而這件大事，與返鄉探親、大陸旅遊相關。擠在一旁、插不上話題的姪子甥女們聽得「霧煞煞」，搞不清楚哪兒冒來的一門親戚要來台，哪一個偉大的親戚足以讓爺爺奶奶大叔大姑這麼多人連日討論。原來，那個重要人物，竟然是爺爺淪落在大陸的大兒子！

那時候我的小姪女才八歲，就讀小二，比較早熟，想像力又豐富，爆出「原來阿公有外遇，我們都是外遇生下來的後代」的結論。我們這個阿公色瞇瞇的哈哈大笑！再多的解釋都是多餘！

婚前的小夢想

一九九九年大地震正好海外出差，驚魂未定，又有許多莫名其妙的預言口耳相傳，如大海嘯、續波地震、中共趁機犯台、霍亂疾病蔓延……總之是一個謠言四起的場景，但是像股票休市、銀行關閉、提款機被提空，的確是諸多謠言影響的結果。

九月二十二日早上，帶著早已訂購的機票飛香港轉廣州去驗貨，因為領不到錢，身上只有兩千塊台幣，在機場買了十份台灣報紙，卻全在廣州海關被沒收。那一趟本是例行出口驗貨，卻被誤會為地震落跑出走！吃喝旅館住宿都是台商朋友幫我去櫃台結帳，回程去香港前，他還主動拿四千美元給我做身邊的盤纏。

四千美元放了幾個月都沒動。當時已經許下一個終身的諾言，但沒有被那天方的喜訊沖昏了頭，想要為父親再做一件事的心願逐漸成形。打了許多通國際電話，突破家人封閉、傳統、想都別想、少做夢、少製造麻煩的封建思想，再說服老爸去醫院要一張「重症證明」，這一切都是為了讓我夢月哥、夢月嫂兩人以探病為名來台，實則省親。請託旅行社辦理他兩人的旅遊簽證申請，全部旅費就用那四千美元還可能有找。

但是我夢月嫂在出入境申請出了小插曲，夢月哥提出的健康證明，當局表示雙腿痛風非重症病患，不需旅行陪伴，因此我夢月嫂來台申請案件就被退件處理。笨嘛！健康證明書改成心臟病、痛風不就得了？中國同胞不是很會「變通變通」、「古馳古馳」❶的安排嗎？結果呢？那一趟來台探親，我夢月嫂沒能跟上，一圓她搭飛機的夢，她後來再也沒有機會步出賀樓小村的藩籬。

台灣父親接待大陸兒子

西元兩千年龍年二月二十日元宵節，我夢月哥不可置信的踏在寶島台灣的土地上，那幾天我與洋夫婿兩人正默默打點屬於我們兩人專屬的教堂婚禮。我的父親生平第一回有了海外親兒子來客座，那可是一件大事，想想女兒婚禮可以自己搞定，他就不插手、不提供意見、甚至也不前來了，全心接待兒子吧！我想在父親心中，對於「兒子來訪」與「參加女兒婚禮」這兩件事的抉擇，或許從未惹他心煩吧！

❶古馳為對岸「Gucci」的翻譯，我在這邊將它作為「仿冒」、「複製」之意。

夢月哥的兒女——也就是我的姪子、姪女，蒐集了很多台灣旅遊資料，半叮嚀半期待夢月哥會帶回日月潭的什麼茶餅、阿里山的什麼山葵……。因為大陸十大旅遊勝地中，就有兩個勝地座落在台灣。當時能夠來台的大陸人可是少之又少啊！

夢月哥在台的那段期間，七十四歲的老爸常要跑豐原醫院，而夢月哥剛好也有些小病要治治，因此老爸看心臟外科，兒子自費看骨科及皮膚科，還真是父子同進同出啊！也恰巧正值選舉期間，夢月哥又跟著老媽去聽政論發表會，獲得免費的便當吃，順道蒐集襯衫、夾克及帽子，這些都讓他相當開心。當時能夠觀看台灣選戰的大陸人，可也是少之又少啊！有時，夢月哥就跟著老爸到朋友家打麻將，有空也幫忙父親清理畫眉鳥的便便——那隻鳥與老爸相處的時間很長，是老爸的寶貝，因此交給親生兒子來「管理」。

偶爾，一早起床，跟著老媽到市場去買菜，在家沒事做時，他也幫忙洗廁所。哥的老家只有茅坑，來台後特別喜歡蹲廁所及洗澡，他總是特別貼心的在洗完澡後擦乾地板，以免老爸滑倒。他從不要求出門旅遊，因為那不是他來台的重點。不過，我還是努力規劃要帶他到處看看。

參與台灣選總統

我是安排夢月哥來台探親的始作俑者，他飛機順利否、睡舖向哪頭、早餐吃什麼，我全部都要知道並提供意見。甚至叮嚀哪些人帶他去到處晃晃，交代要給哥哥一些零錢方便方便……家人們快煩死我這個國際電話遙控者。如果沒得到所有進行式的細節，我就像是熱鍋上的螞蟻亂爬亂撞。

我的心思滿是夢月哥來台的牽掛，一點都沒新婚、新娘、新移民、新生活等喜上眉梢的興奮。當時竟然還為了一張選票，丟下新婚蜜月的老公，三月十八日，返抵國門參加投票。在機場迎接的正是我夢月哥，他穿著中山裝，理個大平頭，腳上穿啥沒人會相信，竟是海灘拖鞋！不過夢月哥長期有嚴重腳氣病，就連香港腳皮膚科醫生都束手無策，我也不想他穿皮鞋痛苦。

三二〇總統選舉結果不重要，但過程我夢月哥參與了，他跟著我到投票所，我領票、蓋章後，把票交到夢月哥手裡，讓他投下這神聖的票。這一票多珍貴，是兩個人從不同地方搭飛機過來共同投下的。事後夢月哥問了好幾次，總統票投給誰？我一直沒告訴他。當時夢月哥跟著老爸變成橘軍，跟我的顏色不一樣，就算賣這關子，不告訴他。

投完票的下午，帶著我夢月哥到國家戲劇院找朋友。朋友沒約到，也沒找著，於是兩人在中正紀念堂音樂廳四處晃晃。國家大廳如無人仙境，全國人民心情緊繃的守著電視、收音機，七嘴八舌討論，同時等著總統票選結果。

在戲劇院，隨便買二張後段便宜票，管他是山西或陝西來的國劇或崑劇，只依稀記得是目蓮救母的情節。並不是真的想看歌劇，而是找不到朋友，又不想回家看電視，因此進入國家戲劇院耗時間。我指著建築對夢月哥說：「看看這二廳院是仿北京故宮，內部裝潢奢華，在台灣給演戲者用的比紫禁城皇老子住的更高檔！」

我夢月哥注意的重點就跟我不太一樣：「那些山西、陝西來的國劇團，帶來的劇情介紹手冊，沒轉印成繁體字也就算了，一本這麼貴！」每本賣一百五十塊台幣，相當三十元人民幣，我夢月哥要挑三天的磚才能掙得。夢月哥跑去跟團員主管抗議：「你們怎麼來台灣的！」

那質問的口吻令人心驚，有如我在海外幾次碰到中國人劈頭不客氣地問：「你怎麼來的？」「你和他怎麼認識結婚的？」沒有惡意，卻充滿著

「何以我得不到此待遇」的心酸。看完戲是晚上十點多，已經知道藍綠變天，台灣有了一個新的未來，因為將展開不一樣的另類執政，台灣也出現第一位女副總統。

選舉後幾小時內，從戲劇院愛國東路、仁愛路、到忠孝東路、市民大道上，幾萬把競選廣告旗幟全部被台北市清潔隊拔除得乾乾淨淨！想起來不可思議，但是就真的發生了，效率高超。我夢月哥因而篤定那些布幔旗幟的剩餘價值不菲，一定是被市民搶光了！他差點沒說出口真是後悔跟著我浪費時間看一齣無名的、又是大陸來的國劇，早知道就趁街上空無一人時先去偷個幾面來收藏。於是我保證一定想辦法張羅1、2、3號三個總統候選人旗幟給我夢月哥。

拿那些旗幟幹嘛？外省人的思路是有跡可循的，車成內褲穿唄！

夢月哥教我的事

等待新婚老公來台的日子，讓我有機會把台北人都會的生活方式具體介紹這個喝黃河水的大老粗。我這位兄長連吃個麥當勞漢堡都面有難色，而且幾乎吞不下義大利「斜塔牌的披薩」❷，看異國美食這麼不得他的心，到日本料理店時我不敢冒險，只得讓他看著我吃生魚片，以免芥末害他吐個滿桌，嗆到鼻子又噴飯，那就糗了。

幾天過去，我慢慢摸清夢月哥的喜好。北方人不外乎「麵條拌豆瓣醬」、「膜膜泡牛肉湯」❸，總之食物都要特辣的，蔥蒜也得大把大把放。靈機一動，我知道了！東區這麼大，大街小巷美食這麼多，要找到對味美食還不簡單！韓式特辣泡菜拉麵加湯不加價，我夢月哥一口氣喝了兩大碗湯，我真的有點冒冷汗，擔心他脹破肚皮了。另外，也帶他吃我常去的安東街王記牛肉麵，清燉、紅燒都很出名，且酸菜隨你加。興致一來，也到饒河街夜市吃臭豆腐，或去永和豆漿吃他最懷念的饅頭等等。

路口麵包店晚上八點後的麵包買一送一，沒賣完的也會退下送給遊民

---

❷我告訴夢月哥披薩來自義大利，他知道義大利有比薩斜塔，因此稱這個他認為難吃的食物為「斜塔牌比薩」。

❸「膜膜」是指乾掉的饅頭。

吃；自助餐廳剩餘菜餚也同樣會有救濟單位來處理，這些都讓夢月哥相當驚奇。他也對台北市垃圾資源分配、回收處理非常感興趣。不管是去逛百貨公司、夜市、超市，或者去慈湖、故宮、國父紀念館，他不改嬰兒般什麼東西都要摸一摸的壞習慣，好東西動手摸一摸，髒東西如垃圾桶也不忘多看兩眼，我當時搞不清楚他是在學垃圾分類，或讚嘆台灣人的垃圾在大陸農民眼裡卻還是寶！

一天晚上八點多快九點，我讓夢月哥獨自一人下樓到 Seven 買瓶牛奶，因我急需打一通國際電話，講完電話也不敢直接去洗澡，還得幫我夢月哥開門呢！他老兄去巷口 Seven 買瓶牛奶，竟整整丟了一個小時才回來！進門後，如發現新大陸般興奮的告訴我，前面路口麵包店清出當日沒賣完的麵包及蛋糕屑，還真有遊民就挑來吃。他竟然真的跑去麵包店站崗等九點大放送。

我夢月哥一口氣地順便告訴我，日前看到陽光洗車行的蒙古症（唐氏症）癡呆兒，他們以憨厚的笑容迎接客人，用驕傲專注的神情洗車打蠟，一點都不慌張，一點都不笨拙，不接受車子尚有滴流的水泡，不留下殘蠟指紋痕跡，整個團隊像支戰勝的兵團，分工細膩，各司其職。最令他感動的，是他們異口同聲「歡迎光臨」、「謝謝光臨」的招呼客人，搭配九十度鞠躬的敬業姿態，夢月哥說，真了不起！

他還告訴我樓下垃圾車每晚八點準時到，停留二十分鐘——這點我從沒留意。有個老太太拖著一部三輪車，跟在資源回收車後頭，她每天都能滿載而歸，回收的舊報紙、廢紙箱讓人稱羨，但超高額度的負載讓人擔心她是否拉得動三輪車。老太太車輪下跟著五、六條老狗，有瘸腿的、有瞎眼的也有白鬍子的，這些老狗不會亂跑，因為台北市的交通擁擠，高速狠心的摩托車早在這些老狗身上都留下印記，他們畏懼騎士，卻忠心於老奶奶。

夢月哥都打聽清楚了，老太太每天賣紙箱的錢都捐給慈濟，老太太家裡還有更多我們沒有看到、走不動的棄狗。徐州人吃狗肉，夢月哥來到台灣才知道狗不與豬雞家禽同類，他因此對狗產生了同情心。此外，他也愛上了熱情的台灣人，大樓管理員送一副手套給他，鄰居小姐隨興拿顆大蘋果給他，附近超商根本不在意他去要一包關東煮辣醬，他又來抽個紙巾，「先生，請便！」服務員這麼說。

那天我們聊得很晚，我體會到買票逛博物館、看音樂劇、百貨公司、夜市、野柳、慈湖……這些諸多費盡心思安排的行程，是多麼俗氣！從我大哥欲望不多的心、見識不廣的視野，卻能留意我從不在意的小人物，探索我不敢走進去的小巷，蒐集我認為「沒路用」的小東西。

在台北最後一晚，我陪著他站在建築物頂樓上看著台北市的夜景，享受微微的徐風，本以為他會感性的哭泣，想不到他深深吸一口氣說：「啊！台北的空氣沒有煤油味！」誰說鄉下沒讀書的農民不懂得包裝心情起伏？夢月哥隱藏他差一點失控的情緒，說出淡淡的言語，反倒令我傷感。下一次見到這位哥哥，是何年何月呢？我看著他額頭上深刻的皺紋，他經歷過世事的無常，他走過文革整人的洗禮，他歷盡風霜雪月，而現在，在我面前的是一位心思細膩、觀察入微、心地善良、謙卑又渺小的小人物不是嗎？從小被教導要立大志、做大事，但是在我眼前這個渺小的人物，我卻覺得他心志崇高，令人敬佩。這就是，我簡單平凡的親大哥。

八 媽媽的金項鍊

我的媽媽雖然是吃土長大，從小沒父親來栽培，沒母親來疼惜，但是媽媽對她自己四個心肝ㄚ囝，就不是隨便養一養。

在我十八歲那一年，媽媽就開始存錢，預告在我二十歲時會為我準備一條金項鍊作為我的成年禮。弟弟妹妹也都不用擔心，媽媽對子女都是公平的，但男孩鍊子會比較粗，這樣走出去才會有看頭、給人看得起。連續四年，一年一個孩子滿二十歲。那段時間媽媽常說：「稍等啊！給媽媽時間存錢買金子。」

我的二十歲成年禮是一條鱔魚骨編法的金項鍊，重約一兩二，當初媽媽花了台幣一萬五千塊。這筆錢媽媽存了半年，也算是媽媽幫我存的錢。那時我已經在潭子郵局工作兩年多，每個月薪餉袋還沒拆封數算有沒有少一張，整袋就帶回家交給媽媽保管，媽媽打開薪資袋再抽出五張共台幣五百元——不是五千元喔——作為我的當月零用錢，很乖吧！

在郵局工作除了固定薪資外，還可拉保險賺紅利，不然我自己怎麼存私房錢？我之所以想存錢是準備買一條金項鍊，作為媽媽五十歲生日禮。本來想說有很多年可以存，不用急。不料媽媽更年期早早來報到，四十四歲快四十五歲時，更年期的彆扭造成老媽什麼事都感到不對勁，什麼東西都看不順眼，尤其常因心情起伏而與爸爸鬧脾氣。爸爸是個老大粗，要女兒居間撮合撮合，女兒能想到的辦法就是放棄等媽媽五十大壽的計畫，改作四十五歲大生日。

這段時間，薪資袋還是要乖乖交給媽，以免她察覺有異狀。結果存的錢不夠，沒辦法買一條又重又稱頭的金項鍊，讓媽媽掛到脖子低頭當阿婆。所以說服了牽手的男朋友跟我一起去挑金子——其實是講好了不足的幾千塊他先墊，我努力拉保險再還他。

在爸爸的設計安排下，生日蛋糕準備好了等媽媽來吹蠟燭，金項鍊就等女兒幫媽媽來掛上。但是很感傷，這些都還沒發生，媽媽就離家出走了。幸而跑去安全的地方——我中和姨丈家（姨丈是爸爸部隊老兄弟）。三天後，姨丈帶著媽媽回豐原，其實媽媽願意回來，我想也是因為再不回來工廠就要開除她。

幫大忙的男朋友一直等著聽感人的故事，媽媽有沒有喜極而泣、熱淚盈眶？而我只有心急的想要快還錢。那時根本沒聽過「更年期的障礙」，我只是莫名其妙的想，媽媽又不是那種浪漫型的女人，鬧離家出走搞什麼飛機！

那條由男友資助的金項鍊最後當然還是送給媽媽了，卻從來沒見她戴過。時過二十五年，完全忘了這檔事。直到二〇〇八年十月，與丈夫赴大陸探親，父親離散四十年的親妹妹——我的小姑姑，帶領她全家，在徐州全聚德烤鴨餐廳給我們接風。姑姑的長媳婦就坐在我對面，她胸口那塊黑墜子吸引了我的注意，那不正是二十五年前我買來送給媽媽的金項鍊！當時因為存的錢不多，買一條八錢重的金鍊子，就再也買不起加碼裝飾的金墜子，因此墜子的部分折中買了一塊少見的稀有黑色礦石（不是便宜的黑曜石），整條鍊子美麗又大方，而且很重，可以滿足老人家「重就是有價值」的心理，聰明吧！

那塊黑礦石以鈦金點綴，上頭金點閃閃發亮，姑姑的媳婦不經意的誇獎起這塊特殊的黑寶石，說它能調和身體磁場、滋陰補陽，聽得我的心在滴

血。她不知道那條鍊子背後的故事，不知道當初我是如何省吃儉用才攢夠錢買給母親。而我卻知道，今天這條鍊子出現在姑姑的長媳婦脖子上，一定又是老爸的傑作！

老爸他也不是很壞，那幾年他就是瘋大陸，什麼好東西都往大陸帶，媽媽也真是的，一味幫爸爸打點，自己什麼東西都不留。這麼多年來，老爸去大陸攜金帶銀不可少，媽媽全幫他打理好，但她絕不動用孩子的東西。母親也從沒過問四個孩子的成年禮金子還在不在？因為媽媽一點也不在意，如果金子不在了，代表那條金子曾幫過孩子度過一次難關，這就是我的一輩子不帶金子的媽媽。其實哪有女人不愛金？但是比起金子，我的母親更顧及丈夫及兒女的面子。

嫁阿兵哥的心酸

阿嬤生第二胎後，下巴長疔瘡，又沾碰到生水而早早過世。那時媽媽才三歲，小阿姨沒奶吃也沒人帶，就送給人家當養女。阿公是跛腳木匠，在草屯鎮做木工，阿嬤留下的手尾錢和碎金子，阿公拿來買一塊一分二的土地。那塊土地在當時很有價值，後來更建了十二戶透天店面，就在中興新村省政府所在地。阿公在草屯還有兩個小店面，一個店賣木頭建材，一個店做木工及家具修理。

但是阿公也不長命，從小跛腳的他，一輩子勤儉刻苦，四十九歲就在過度操勞中離開。那時媽媽才十二、三歲，到現在媽媽都不知道阿公、阿嬤埋在哪裡。媽媽是查某祖（曾祖母）帶大的，查埔祖（曾祖父）生三個兒子，老大也就是我的跛腳阿公，在草屯做生意，老二死在南洋，老三——也就是我的三叔公，接收查埔祖留下的房子及祖產過生活，因此也可以說媽媽是三叔公、二嬸婆帶大的。

二十三歲的媽媽，在台中大雅的美髮廳做頭髮，自己決定嫁給阿兵哥。當時台灣沒有嚴格把關的戶籍資料，爸爸為了想年輕一點、和媽媽不要差太多歲，到部隊單位上把年齡改少了六歲。不料媽媽說本省習俗，差六歲大不順，那時爸爸媽媽已是牽手朋友，嚇得老爸又跑回單位把身分證改回來。事實上，爸爸比媽媽年長十二歲，媽媽真的是嫁給一個「老芋仔」。

戀愛中的母親。攝於1960年台中公園

媽媽終於鼓起勇氣，把爸爸帶回南投給三叔公及查某祖看，從那天開始家裡不再風平浪靜，接連兩、三年上演烏煙瘴氣的一大堆吵架。吵得不是嫁給外省人婚姻會不會幸福，而是「那些唐山來的沒帶來任何錢財」、「那些外省仔是貪圖媽媽的家產」。冷戰熱戰共吵了三年，媽媽在無父、無母、無依靠、完全不受到支持之下，受不了刺激，遂蓋章拋棄財產。媽媽永遠記得三叔公的兩句話：「好命的女兒不靠嫁妝，好命的兒子不靠家產」。

奇怪的是三叔公本來口氣很硬，後來又是心軟又是父母心，竟然說嫁出去的女兒草賤命，不能「沒本（本錢）給尪（丈夫）欺侮」，不然草屯的小店面就給媽媽及阿姨留著。因此，媽媽雖得到一點「嫁妝」，但阿嬤手尾錢買的地就這樣過繼給三叔公了。

小時候，聽到媽媽跟朋友講到財產，這時爸爸是不准插嘴的，爸爸如果不小心講出「可惜、如果」等字眼，代誌（事情）就大條，所有那些三叔公講過罵媽媽的話就都被搬出來，然後再加上「你這個死外省仔，自個兒不賺，肖想天上掉下來」。爸媽年輕力壯的時候，上山下海，到梨山去運高麗菜，到各種工廠打工，還接手工業回家做，總之兩個人都是早晚兩份工，如此刻苦耐勞的把四個子女撫養長大。

這些年父母養的四個子女都成家，但立業的路途，各自走得跌跌撞撞。我們受的教育就是：「好命

父母新婚後不久與曾祖母的合影（據說曾祖母精神失常前抱過我，如今看到這幅影像特別感慨）

的女兒不靠嫁妝，好命的兒子不靠家產」，一切靠自己。爸爸走了，弟弟在生存奮鬥的路走得非常艱苦，甚至搞得事業失敗流浪大陸。媽媽看在眼裡心疼不已，即使幫不了債務清償，也要探到弟弟的消息，起碼讓她知道流浪在大陸的兒子還活著。

爸爸走了好幾年後，媽媽才說道，後悔當初太年輕，受不了激將，其實媽媽是獨生女，繼承阿公阿嬤財產理所當然，要不是當初一氣之下簽字放棄繼承，這些增值的土地不就可以幫助孩子立業嗎？媽媽天天都掛心，時時刻刻都為了兒子在生存上的搏命奮鬥落淚。

自從老爸走後，媽媽的生活有了改變，在因緣俱足下，媽媽親近佛門，參與共修。她把生命當成蠟燭燒，媽媽曾說：「既然這輩子沒留下財產餘蔭後代，剩下能做的就是為後代祈福積德」。七十多歲的母親開始做資源回收，俗稱垃圾婆婆，去銀行、郵局、補習班打掃、清廢紙，順便裝些礦泉水帶回家用——這部分還是讓人不擔心的。最讓我牽腸掛肚的是，凌晨四點她還堅持要外出撿厚紙箱，換取一斤紙才幾塊的收益；凌晨兩點也到銀行外排隊領號碼牌，協助有執照的殘障朋友賣刮刮樂，只為了區區三百塊。

媽媽的四個子女已有能力負擔她的生活費，但沒事做的生活方式老媽不能接受。「積少成多，聚沙成塔」堅決用每天回收的兩三百塊供奉寺廟、參佛布施。不僅如此，媽媽每天都要禮佛頌經、實踐一百零八跪的修行。

媽媽為我們點了許多光明燈，好讓我們在跌倒時，還有一盞小燈指引，自己勇敢爬起來。這樣的生活模式，外人看來僅是因缺錢做資源回收，但她的兒女知道，這是用有限的生命、有限的燭油及無限的意志力，愛兒女的一種方式。

媽媽從小就被寄養親戚家，知道無父無母的感受。因此她說：「我還活著，能走能動，就是子女的福氣。」將母親晚年的犧牲奉獻比喻為燒蠟燭有另一個層面，或許她自己也不清楚，這是我自己的看法。媽媽每天守在小房子敲敲打打，拆零件、剝銅線，做分類，把自己深埋在一大堆廢棄物品中。這是因為在媽媽的心中，小房子的角落是爸爸閉氣的地方，媽媽繼續點她生命的燭燈，老爸一直就在她身旁。

這幾年媽媽老倒縮，十年縮矮一大截，現在身高僅一米三，兩腿已經彎合不攏，即使長期背痛、腰痛、膝蓋痛，她還是堅持這樣的生活方式，直到蠟燭燒盡。

我是一個無名小作家，爸爸走了，不久媽媽也會燈滅，這幾年與媽媽通了無數電話，我們有約定，也共同期待，把我們周家七人的生命用文字寫出來，爸爸媽媽沒留下財產，但他們留下一個簡單的故事。

·老爸人生膠卷·

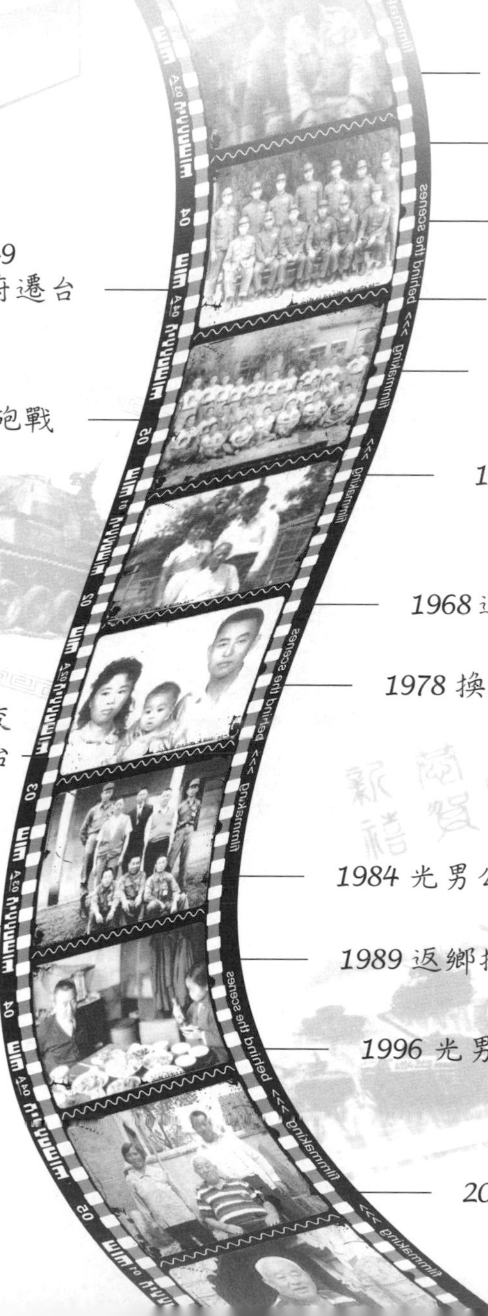

1927 出生
1945 大陸娶妻生子
1947 賣壯丁
1948.12 來台
1949 國府遷台
1949.12 古寧頭戰役
1958 八二三砲戰
1961 在台結婚 六年生四子
1968 退伍開計乘車
1978 換很多工作
1979 中美斷交 美軍撤台
1984 光男公司當守衛
1987 解嚴
1989 返鄉探親
1996 光男倒閉老爸退休
2006 熄燈

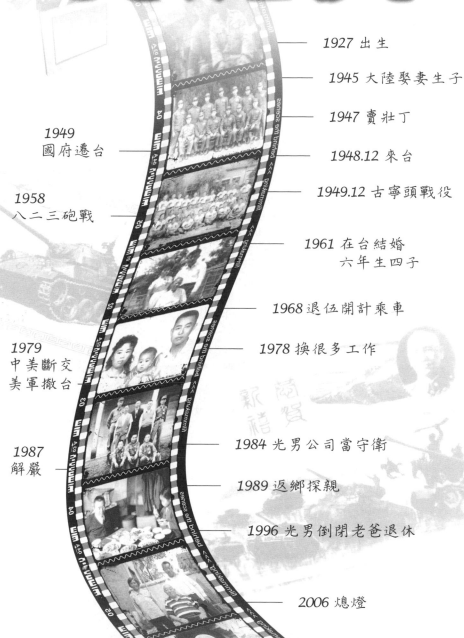

集夢坊

與老爸有約

出版者●集夢坊
作者●周賢君
印行者●華文聯合出版平台
出版總監●歐綾纖
副總編輯●陳雅貞
責任編輯●張欣宇
美術設計●彭茹卿
排版●陳曉觀

國家圖書館出版品預行編目資料

與老爸有約／周賢君 著
-- 新北市：集夢坊，民102.07
面；　公分
ISBN 978-986-89073-3-1（平裝）

855　102008383

台灣出版中心●新北市中和區中山路2段366巷10號10樓
電話●(02)2248-7896　傳真●(02)2248-7758
ISBN●978-986-89073-3-1
出版日期●2013年7月初版

郵撥帳號●50017206采舍國際有限公司（郵撥購買，請另付一成郵資）
全球華文國際市場總代理●采舍國際 www.silkbook.com
地址●新北市中和區中山路2段366巷10號3樓
電話●(02)8245-8786　傳真●(02)8245-8718

本書係透過全球華文聯合出版平台（www.book4u.com.tw）印行，並委由采舍國際有限公司（www.silkbook.com）總經銷。採減碳印製流程並使用優質中性紙（Acid & Alkali Free）與環保油墨印刷，通過碳足跡認證。